*O livro de todas
as coisas*

O livro de todas as coisas
Guus Kuijer

Tradução
Mirella Traversin Martino
Revisão da tradução e texto final
Monica Stahel

SÃO PAULO 2011

Ortografia atualizada

Esta obra foi publicada originalmente em holandês com o título
HET BOEK VAN ALLE DINGEN
por Em. Querido's Uitgeverij, Amsterdam
Copyright © 2005 by Guus Kuijer, Amsterdam, Em Querido's Uitgeverij B.V.
Copyright © 2011, Editora WMF Martins Fontes Ltda.,
São Paulo, para a presente edição.

1ª edição *2011*

Tradução
Mirella Traversin Martino
Revisão da tradução
Monica Stahel
Acompanhamento editorial
Luzia Aparecida dos Santos
Revisões gráficas
Thelma Batistão
Ana Maria de O. M. Barbosa
Edição de arte
Katia Harumi Terasaka
Produção gráfica
Geraldo Alves
Paginação
Moacir Katsumi Matsusaki

Dados Internacionais de Catalogação na Publicação (CIP)
(Câmara Brasileira do Livro, SP, Brasil)

Kuijer, Guus
  O livro de todas as coisas / Guus Kuijer ; tradução Mirella
Traversin Martino ; revisão da tradução e texto final Monica
Stahel. – São Paulo : Editora WMF Martins Fontes, 2011.

  Título original: Het Boek van Alle Dingen.
  ISBN 978-85-7827-404-7

  1. Literatura infantojuvenil I. Título.

11-03635   CDD-028.5

Índices para catálogo sistemático:
1. Literatura infantojuvenil   028.5
2. Literatura juvenil   028.5

Todos os direitos desta edição reservados à
Editora WMF Martins Fontes Ltda.
Rua Conselheiro Ramalho, 330 01325.000 São Paulo SP Brasil
Tel. (11) 3293.8150 Fax (11) 3101.1042
e-mail: info@wmfmartinsfontes.com.br http://www.wmfmartinsfontes.com.br

Nota histórica

Em 1951, quando este livro começa, a Holanda ainda sofria as consequências da ocupação alemã durante a Segunda Guerra Mundial. A Alemanha invadiu a Holanda no dia 10 de maio de 1940 e dominou o país por cinco anos, entregando-se no dia 6 de maio de 1945. Naquele tempo, alguns alemães colaboraram com os nazistas, apoiando-os em suas operações; muitos outros lutaram bravamente na Resistência para abrigar judeus e combater o regime nazista.

Antes que a história comece...

Acho bom contar para vocês: este trabalho com Thomas foi inesperado para mim também. Na verdade, eu queria escrever um livro bem diferente. Um livro que fosse emocionante, mas que também fizesse vocês darem risada. Seria sobre a minha infância feliz. Sobre o meu pai, que tocava violino para mim de um jeito tão lindo, antes de eu ir para a cama. Sobre a minha mãe, que cantava tão docemente. Era emocionante! Sobre os meus irmãos e irmãs, que me adoravam tanto. Sobre os meus amigos, que vinham compartilhar meu bolo de aniversário. O livro se chamaria *Aventuras de uma criança feliz*.

Imaginei que seria um presente de Natal perfeito. Não apenas crianças, mas também pais e mães, avós e até o primeiro-ministro o leriam de enfiada. De preferência à luz de velas, diante de uma lareira acesa, na companhia de uma caneca de chocolate quente.

Mas então recebi a visita do sr. Klopper. Eu não o conhecia. Ele também não me conhecia, mas sabia quem eu era porque sou um famoso escritor de livros para crianças. Digo isso com toda humildade.

O sr. Klopper tinha exatamente a minha idade. Tinha os cabelos brancos e o topo da cabeça quase careca. Mas o sr. Klopper também já tinha sido criança.

Sentamo-nos juntos diante da lareira acesa, e o sr. Klopper tirou um caderno grosso da pasta.

— Conheço-o como sendo um escritor muito sensível a seus semelhantes — ele disse.

Fiz que sim com a cabeça, porque é isso mesmo. Tenho enorme compaixão pelos meus semelhantes. Para dizer a verdade, talvez eu até exagere um pouco

— Por isso eu gostaria que lesse isto — e ele me entregou o caderno. — Escrevi quando tinha nove anos e reli recentemente — continuou. — Acho que vale a pena. Mas é melhor ler antes, pois talvez seja muito grosseiro.

Aquilo me chocou. — Grosseiro? — eu disse.

— É — disse o sr. Klopper. — Tive uma infância infeliz, e isso nos torna rudes.

Olhei para o fogo, que estalava. A grosseria é um problema, principalmente em livros para crianças. — Vou dar uma olhada — eu disse. — Depois darei minha opinião.

Acompanhei o sr. Klopper até a porta.

— Você ainda é rude? — perguntei, quando ele já estava indo embora.

O sr. Klopper fez que sim com a cabeça.

– Na sua idade?

– As coisas são assim – ele disse, e desapareceu em meio à neve densa que caía.

Naquele mesmo dia, eu li o *Livro de todas as coisas*, de enfiada. Era realmente grosseiro. Eu sou muito respeitoso, mas para mim é fácil falar, pois tive uma infância feliz. Todos os dias da semana, aquela escola maravilhosa. Meus professores: o sr. Sawtooth! A sra. Knitpin! Todas as noites, o suave violino do meu pai e o doce soprano da minha mãe! Não tenho nenhum motivo para ser grosseiro, mas acho que as crianças infelizes também têm os seus direitos.

Telefonei para o sr. Klopper, e marcamos um encontro. Juntos, passamos muitas tardes diante da lareira acesa, e foi assim que este livro nasceu.

– Então, Thomas – perguntei na última tarde –, conseguiu? – pois então já nos chamávamos pelo primeiro nome.

– O quê, Guus?

– Agora você é feliz?

– Sou – ele disse.

E tomamos uma caneca de chocolate quente.

1

Thomas era capaz de ver coisas que ninguém mais via. Não sabia por quê, mas tinha sido sempre assim. Lembrava-se de uma violenta chuva de granizo que um dia tinha caído. Thomas pulou para dentro de um portal e ficou observando as folhas sendo arrancadas das árvores. Depois correu para casa.

— De repente virou outono — ele gritou. — Todas as folhas caíram das árvores.

Sua mãe olhou pela janela. — Caíram coisa nenhuma. Por que está dizendo isso?

Thomas percebeu que ela tinha razão. As árvores ainda estavam cobertas de folhas. — Aqui não, mas na rua Jan van Eyck todas as folhas estão no chão.

— Ah, entendi — disse a mãe. Pela expressão dela, Thomas viu que não estava acreditando nele.

Thomas subiu para o quarto e pegou o livro que estava escrevendo. O título era: *O livro de todas as coisas*. Ele pegou a caneta e escreveu: "A chuva de granizo foi tão forte que as folhas caíram das árvores. Isso aconteceu de verdade, na rua Jan van Eyck, em Amsterdam, no verão de 1951, quando eu tinha nove anos."

Ele olhou pela janela para pensar, pois sem janela não conseguia pensar. Ou talvez fosse o inverso: quando havia uma janela, ele automaticamente começava a pensar. Então escreveu: "Quando eu crescer, vou ser feliz."

Ouviu o pai chegando em casa e pensou: "São cinco e meia e ainda não sei sobre o que vai ser meu livro. Os livros são sobre o quê, afinal?"

Ele fez essa pergunta durante o jantar.

— Sobre o amor e outras coisas — riu sua irmã, Margot, que frequentava o ensino médio e era estúpida como uma mula.

Mas o pai disse:

— Todos os livros importantes são sobre Deus.

— Sobre Deus e sobre o amor — disse a mãe, mas o pai a olhou com tanta reprovação que ela corou de vergonha.

— Quem lê livros nesta família? — ele perguntou.

— Você — ela disse.

— Então quem sabe sobre o que são os livros, eu ou você?

— Você — disse a mãe.

"Quando eu crescer, vou ser feliz", Thomas pensou, mas não falou. Olhou para a mãe e viu que ela estava triste. Queria se levantar e abraçá-la, mas não podia. Não sabia por quê, mas simplesmente não era possível. Ficou onde estava, sentado na cadeira.

Margot riu novamente. Isso porque ela era muito estúpida.

— Choveu tão forte na rua Jan van Eyck que as folhas caíram das árvores — ele disse, em voz alta.

A mãe olhou para ele e sorriu. Era como se, afinal, ele a tivesse abraçado, pois ela parecia muito feliz.

"É uma mensagem secreta que só a mamãe entende", ele pensou. Devia ser verdade, porque o pai e Margot não tiraram os olhos do prato.

Ao levar Thomas para a cama, a mãe disse: — Tenha lindos sonhos, meu pequeno sonhador!

Thomas fez que sim.

— Você acha que eu sou um pouco bom? — ele perguntou.

— Você é o melhor menino do mundo — ela disse.

Ela o abraçou apertado. Thomas percebeu que a mãe estava chorando um pouquinho. Congelado por dentro, ele pensou: "Deus vai mandar um castigo terrível para o papai, peste bubônica ou coisa parecida."

Mais tarde, sozinho, olhando para o escuro, Thomas ficou com medo de que Deus estivesse zangado com ele. E pensou: "Não tenho culpa de ficar pensando essas coisas. Não desejo isso de verdade, então não é maldade. Nem sei o que é peste bubônica."

E adormeceu.

Durante uma semana fez tanto calor que até apareceram peixes tropicais nadando nos canais. Thomas os tinha visto com seus próprios olhos. Eram peixes-espada. Ele tinha certeza, pois no seu aquário havia peixes-espada. São peixinhos lindos, que dançam na água de um jeito engraçado quando estão apaixonados.

Esses canais não ficavam longe da escola de meninas que Margot frequentava. Thomas estava deitado na grama, de barriga para baixo, na beira do cais Reijnier Vinkeles, e os viu passando na água. Vários de uma vez. No caminho de volta para casa, foi pensando se alguém acreditaria nele. Então encontrou Elisa, que tinha dezesseis anos. Ela estava na classe da Margot e morava ali, virando a esquina. Tinha uma perna postiça, de couro, que rangia como sapato novo.

— Peixes tropicais estão nadando no canal — ele disse.

Elisa parou, e sua perna parou de ranger.

Thomas sentiu uma espécie de choque elétrico, pois de repente percebeu que ela era adorável.

— É porque as pessoas, quando saem de férias, jogam os peixes na privada e dão descarga — ela disse.

Thomas ficou um momento sem conseguir pensar, pois Elisa olhava para ele com seus olhos azul-escuros.

— E por causa do calor — ele gaguejou.

— Na verdade, também há crocodilos morando no esgoto — disse Elisa. Ela voltou a caminhar, e sua perna voltou a ranger.

Thomas a seguiu. — É mesmo? — ele perguntou. — Você viu os crocodilos?

— Vi um — disse Elisa. — Do tamanho do meu mindinho. No banheiro — e ela levantou a mão.

Thomas ficou chocado, pois a mão dela só tinha o quarto dedo. Os outros não existiam.

— Ah — ele disse. Thomas esperou até que Elisa virasse a esquina. Sentia o choque no fundo do estômago. Mas em sua cabeça sinos tocavam alegremente. "Ela é adorável", ele pensou. "E ela entende o que eu vejo. Ela entende que aquilo que vejo existe de verdade. Então a Elisa também sabe."

Foi andando para casa, pensativo. "O que a Elisa sabe?" Era difícil tentar pensar sem ter uma janela pela qual pudesse olhar. "Não posso explicar o que a Elisa sabe. Mas isso eu também sei: que alguma coisa estranha acontece comigo." E, em casa, sentado diante da janela, ele pensava: "Onde será que foram parar os outros dedos dela?"

"Domingo é o único dia que a gente tem que empurrar como um carrinho de mão", Thomas escreveu no *Livro de todas as coisas*. "Os outros dias andam sozinhos."

Aos domingos, eles iam à igreja. Não era uma igreja comum da vizinhança, mas uma igreja especial, muito longe de sua casa. Era uma igreja numa casa comum, sem torre. Durante o culto, ouvia-se o barulho do aspirador, que vinha do andar de cima. Quase ninguém ia àquela igreja, mas toda a sua família ia: o pai, a mãe, Margot e Thomas. A mãe ia de chapéu e Margot de lenço na cabeça, porque na igreja era obrigatório. Não era permitido ver o penteado das mulheres. Para os homens não tinha importância, porque eles não faziam penteados.

Eles iam a pé, porque Deus não queria que os bondes funcionassem aos domingos. Os bondes funcionavam mesmo assim, o que não agradava a Deus.

Havia duas coisas muito reprováveis: uma era ter ficado do lado errado na guerra, a outra era andar de bonde aos domingos.

Thomas simplesmente tinha tirado os bondes da cabeça. Ele tirava da cabeça tudo o que era proibido: bondes, carros, bicicletas e os meninos que jogavam futebol na rua. Os pássaros podiam ficar, porque não sabiam que era domingo. Porque não tinham alma.

O culto da igreja era assistido por mais ou menos vinte anciões, que eram surdos, cegos ou mancos. E, ainda por cima, tinham pelo menos duas verrugas no queixo. Além de Thomas e Margot, duas outras crianças frequentavam a igreja. Eram duas irmãs. Eram tão pálidas, que certamente morreriam logo. "Dou até 1955", Thomas escreveu no *Livro de todas as coisas*. "Até lá, vão estar mortas e enterradas. Que descansem em paz por toda a eternidade." Ele escreveu essas palavras com um nó na garganta, porque era muito triste para aquelas crianças. Mas infelizmente não havia nada a fazer.

O culto foi muito demorado. Os filhos de Israel continuaram se arrastando e murmurando pelo deserto, e os bancos eram duros.

A parte boa era o vaivém dos cantos.

Um homem calvo, com uma longa túnica preta cheia de botõezinhos, cantava um verso sozinho. Aí as pessoas tinham que cantar outro verso juntas. Sempre de novo. Um depois do outro. Cada vez o túnica preta cantava uma coisa diferente, mas as pessoas respondiam sempre com o mesmo verso:

– Senhor da música, perdoa nosso canto miserável.

Thomas acompanhava, soltando a voz. Ao mesmo tempo, ele tentava contar os botões da túnica preta, mas sempre perdia a conta.

No caminho de volta para casa, Thomas notou que o pai estava contrariado com alguma coisa. Ele não dizia nada e não olhava para os lados. Na mesa, depois da oração, ele disse: – Thomas, levante-se.

Thomas estava prestes a pôr na boca uma garfada de batatas e ervilhas. Seu garfo parou na metade do caminho.

– Levantar? – ele disse.

– Levante-se – disse o pai.

– Por quê? – a mãe perguntou, preocupada.

– Porque estou mandando – respondeu o pai.

– Ah, por isso – disse Margot.

Thomas apoiou o garfo no prato e levantou.

– He he he – Margot riu, porque era boba que nem uma cebola. Não dava para entender como ela podia tirar notas tão boas em todas as matérias.

– Cante para nós o que você estava cantando na litania – disse o pai, com expressão severa. A litania era aquele canto em vaivém da igreja.

Thomas olhou para a mãe.

– Olhe para mim e cante – disse o pai.

Thomas respirou fundo e cantou: – Senhor da música, perdoe nosso canto miserável.

Então fez-se um silêncio terrível. Diante de seus olhos, Thomas viu uma túnica preta com mais de mil botõezinhos. Dois pardais no peitoril da janela tocavam trombetas brilhantes, porque não sabiam que era domingo.

A mãe disse: – Ele só tem nove anos. Ele não faz de propósito.

O pai ficou em silêncio. Solenemente, colocou o garfo e a faca no prato e se levantou. Ele foi crescendo, foi ficando cada vez mais alto, até que sua cabeça ficou mais alta do que a lâmpada que iluminava a mesa.

Todos os seres vivos da Terra prenderam a respiração. Os pardais no peitoril da janela engasgaram com as trombetas. O sol escureceu, e o céu encolheu.

– O que está fazendo? – a mãe disse, chorando. Ela se precipitou e puxou Thomas para trás.

– Saia, mulher – o pai rugiu. – Estou falando com o seu filho.

Mas a mãe afastou Thomas mais ainda da mesa e colocou os braços em volta dos ombros dele.

Então o pai levantou a mão e deu um tapa no rosto dela. A mãe cambaleou e soltou Thomas.

Os anjos do céu cobriram os olhos com as mãos e soluçaram alto, porque é isso que eles fazem cada vez que um marido bate na mulher. Uma tristeza profunda se abateu sobre a Terra.

– Papai – sussurrou Margot.

— Silêncio! — o pai trovejou. — Thomas, já para cima. E não esqueça a colher.

Thomas se virou, foi até a cozinha e pegou a colher de pau no suporte das colheres. Então ele subiu correndo para o quarto. Sentou perto da janela e olhou para fora, mas não conseguia pensar. O mundo estava vazio. Tudo o que existia tinha sido eliminado do seu pensamento. Só havia barulho. Ele ouviu o barulho do tapa na bochecha macia da mãe. Ouviu todos os tapas que a mãe já tinha levado, uma chuva de tapas, como se estivesse chovendo granizo na rua Jan van Eyck e as folhas estivessem sendo arrancadas das árvores. Ele tapou os ouvidos com as mãos, com toda a força.

Depois de ficar olhando para o nada por uma eternidade, Thomas ouviu os passos pesados do pai subindo a escada. Tum, tum. Tum, tum.

"Tudo se foi", ele pensou. *"Nada mais existe. Nem eu."*

Tum, tum. Tum, tum.

Lá estava ele. O homem apareceu na porta, como uma árvore. Avançou até Thomas e esticou a mão. Thomas lhe entregou a colher de pau. Então o homem se sentou no banquinho perto da cama de Thomas. Ele não disse nada. Não era preciso, pois Thomas sabia exatamente o que tinha que fazer. Tirou a calça. Depois a cueca. Ele ficou em pé, com a cabeça baixa, de lado para os joelhos do pai, com o bumbum à mostra.

A surra começou. A colher de pau zumbia no ar.

Pá!

A dor cortou sua pele como uma faca.

Pá!

No começo, Thomas não pensou em nada, mas depois da terceira pancada, algumas palavras lhe vieram à cabeça.

Pá! Deus…

Pá! vai…

Pá! punir…

Pá! o…

Pá! papai…

Pá! com…

Pá! todas…

Pá! as…

Pá! pragas

Pá! do…

Pá! Egito…

Pá! porque…

Pá! ele…

Pá! bateu…

Pá! na…

Pá! mamãe…

A frase tinha acabado, mas a surra continuou. Por um momento, a cabeça de Thomas ficou vazia. Mas então as palavras voltaram: palavras horríveis, palavras que ele nunca tinha pensado.

Pá! Deus…

Pá! não…

Pá! existe…

Pá! Deus…

Pá! não…

Pá! existe…

Quando enfim a surra acabou, seu bumbum ardia, e ele vestiu a calça e a cueca. Naquele momento ele sabia que o Pai do Céu tinha saído de sua vida para sempre.

— Deus misericordioso — disse o pai. — Repita comigo.

— Deus misericordioso — disse Thomas.

— Perdoe-nos, pobres pecadores — disse o pai.

— Perdoe-nos, pobres pecadores — disse Thomas.

— Fique aqui em cima — disse o pai. — Repita essa frase direitinho cem vezes, e depois desça — e ele desceu a escada, pisando duro. Tum, tum. Tum, tum.

Thomas continuou em pé porque seu bumbum estava parecendo uma alfineteira. Ele olhou pela janela e sussurrou: — Deus, exista, por favor. Todas as pragas do Egito, por favor. Ele bateu na mamãe, e não foi a primeira vez!

Deus não respondeu em nenhuma língua. Os anjos tentaram enxugar as lágrimas, mas seus lenços estavam tão encharcados que começou a chover até nos desertos.

2

Ao lado da casa de Thomas morava uma velha senhora. Todas as crianças do bairro sabiam que ela era uma bruxa. Vivia sozinha, e todos os seus vestidos eram pretos. Usava os cabelos presos num coque cinza e tinha dois gatos pretos. Uma vez por semana saía para fazer compras, mas os outros dias ficava em casa, preparando suas poções mágicas.

Por ela ser bruxa, as crianças a espicaçavam, batendo em suas janelas ou enfiando coisas imundas em sua caixa de correio. Ao ver aquilo, Elisa-da-perna-postiça ficava zangada e, rangendo, corria atrás das crianças.

— Deixem essa senhora em paz — ela gritava. — Comportem-se!

Thomas a deixava em paz. Ele sabia se comportar. Escreveu no *Livro de todas as coisas*:

— Na quarta-feira, dia 5 de setembro de 1951, a sra. Van Amersfoort lançou um feitiço no Mordebundas.

Foi assim que aconteceu:

De tempos em tempos, um cachorrão preto irrompia na rua. Ninguém sabia de onde ele vinha nem onde morava. Ele simplesmente aparecia, enorme, mau e feroz. Todas as crianças corriam para casa, gritando, mas Mordebunda sempre conseguia pegar uma ou duas. Com seus dentes enormes, rosnando, mordia o bumbum delas. Depois ia embora. Para onde? Para nenhum lugar. Apenas ia embora. E, algumas semanas depois, reaparecia.

No dia 5 de setembro, a velha sra. Van Amersfoort, que, como todos sabiam, era bruxa, ia voltando para casa, carregando sua pesada sacola de compras. O dia estava lindo. Muitas crianças brincavam na rua. De repente, começaram a gritar, pois Mordebunda vinha subindo a rua aos saltos, com os dentes à mostra.

Thomas tentou correr para casa, mas a sra. Van Amersfoort estava impedindo sua passagem. O menino parou bem atrás dela, imóvel como uma estátua. E Mordebunda investiu direto contra a sra. Van Amersfoort. Thomas protegeu o bumbum com as mãos.

— Pare! — a sra. Van Armersfoort gritou, zangada.

Ela largou a sacola de compras na calçada e levantou as mãos, parecendo muito mais alta do que era.

— Pare! — ela repetiu.

Mordebunda parou, surpreso, e levantou os olhos para as mãos dela.

Então a sra. Van Amersfoort começou a sussurrar umas palavras. Obviamente eram fórmulas mágicas, mas Thomas não as entendia.

Mordebunda ganiu baixinho e começou a abanar o rabo timidamente.

A sra. Van Amersfoort abaixou as mãos, mas sua boca continuou murmurando.

Primeiro, Mordebunda sentou, depois deitou e, finalmente, deitou de costas para o chão, com as quatro patas enormes para o ar.

A sra. Van Amersfoort fez o cachorrão se manter naquela posição por um bom tempo, só olhando para ele, calada.

Thomas era o único que assistia à cena, pois as outras crianças já tinham corrido cada uma para sua casa.

– Muito bem, cachorro bonzinho – disse a sra. Van Amersfoort. – Agora vá para casa.

Mordebunda se levantou e foi embora, rastejando pela rua, com o rabo entre as pernas. A sra. Van Amersfoort voltou a pegar a sacola, mas estava tão pesada que ela mal conseguia tirá-la do chão.

Então sinos soaram nos ouvidos de Thomas e ele perguntou:

– Quer que eu leve a sacola para a senhora?

Ele mesmo se espantou, pois disse aquilo sem querer.

A sra. Van Amersfoort, que realmente era bruxa, olhou para ele, muito séria.

O toque dos sinos transformou-se em música, com muitos violinos, um som que Thomas nunca tinha ouvido antes. Seu coração batia ansiosamente, e sua esperança era de que a sra. Van Amersfoort dissesse não.

– Quero, por favor. É muita gentileza sua – ela disse, já destrancando a porta da frente.

A música parou de soar. Thomas fez força para levantar a sacola, mas não conseguiu afastá-la nem um centímetro do chão. Era como se estivesse cheia de pedras.

A sra. Van Amersfoort não percebeu.

– Não deve estar pesada para você – ela falou, entrando em casa. – Você já é um menino grande.

Mal ela acabou de falar e os sinos voltaram a soar nos ouvidos do menino. Então, lentamente a sacola foi se erguendo da calçada. Continuava pesada, mas muito menos do que antes.

A sra. Van Amersfoort havia desaparecido na escuridão do corredor. Lá no fundo, uma luz se acendeu.

– Pode colocá-la aqui – ela gritou. Thomas a viu parada junto da pia da cozinha. – Quer tomar um refrigerante?

– Aceito, por favor – disse Thomas.

Seu coração batia forte, pois a sra. Van Amersfoort era uma bruxa e, portanto, sua cozinha devia ser uma cozinha de bruxa.

O refrigerante era vermelho como sangue.

— Sente-se na sala que eu já vou indo — disse a sra. Van Amersfoort.

Thomas entrou na sala e olhou ao redor. O copo de refrigerante vermelho-sangue tremeu em sua mão. Ele pensou: "Não repare na bagunça", pois era o que sua mãe dizia para as visitas. Na casa dele nunca havia bagunça, mas ali sim. Montes de jornais, revistas e livros ocupavam as cadeiras, as mesas e o chão. Ao longo das paredes havia prateleiras cheias de livros, empilhados de qualquer jeito. Num canto havia um enorme globo terrestre, e em cima dele dormia um gato preto. Num mapa pregado em uma das prateleiras, alguém havia desenhado toscamente algumas flechas. Um grande pássaro de asas abertas pendia do teto.

Agora Thomas tinha certeza de que era verdade. Era uma casa de bruxa. Mas ele não sabia ao certo se era a casa sinistra de uma bruxa sinistra. Ainda precisava verificar.

— Espere só um pouquinho que eu já vou indo — a sra. Van Amersfoort gritou da cozinha. — Desocupe uma cadeira para você.

Cuidadosamente, Thomas colocou seu copo numa mesinha, entre um álbum de fotografias e uma pilha de livros. Levantou um monte de papéis de uma cadeira de pés entalhados e sentou. Um gato preto saiu de debaixo do armário. Aproximou-se de Thomas, miando e com o rabo levantado, e se esfregou nas pernas do menino. No topo do globo, o outro gato acordou e lançou-lhe um olhar sonolento.

Então a sra. Van Amersfoort entrou.

— Aqui estou, com meu café — ela disse. Afastou uma cadeira e sentou-se. Olhou para Thomas, com ar de satisfação. — Para mim é uma alegria danada você estar aqui — ela disse.

Thomas ficou chocado com a palavra "danada". Com os amigos ele blasfemava o tempo todo, pois frequentava a Escola Bíblica Cristã, mas era a primeira vez que ouvia um adulto blasfemar.

— Todos os meus filhos saíram de casa há muitos anos, e meu marido…

A sra. Van Amersfoort tomou um gole de café e encarou Thomas.

— É claro que você não poderia saber — ela disse. — Naquele tempo você era muito novo. Meu marido foi executado.

— Oh! — Thomas exclamou, sem entender o que ela queria dizer.

— Foi executado significa que o mataram a tiros — disse a sra. Van Amersfoort. — Os nazistas o mataram. Ele esteve na Resistência durante a guerra, sabe?

— Ah, entendi — ele disse.

Thomas sentiu uma grande tristeza na garganta e no estômago. Era o mesmo tipo de tristeza que ele sentia, todos os anos, quando pregavam Jesus na cruz. Ele sempre ficava contente quando tudo acabava e o Senhor se levantava firme e forte de Sua sepultura.

— Não fique triste — disse a sra. Van Amersfoort. Ela se levantou e apontou para uma pequena caixa azul. — Você já viu uma dessas? — Ela abriu a tampa da caixa e a dobrou para trás.

Thomas balançou a cabeça. Era uma vitrola portátil.

— Vou colocar uma coisa para você ouvir — ela disse. Ela girou com força uma manivela e pôs um disco.

A música veio de muito, muito longe e entrou flutuando pela sala. Thomas nunca tinha ouvido aquela música, cheia de violinos. A tristeza de sua garganta e de seu estômago se desfez. Thomas fechou os olhos e ali, na escuridão por trás de suas pálpebras, de repente apareceu o Senhor Jesus. Thomas se assustou, mas manteve os olhos fechados, pois estava curioso para saber o que o Senhor tinha para dizer.

Jesus sorriu e disse: – Nunca mais vou deixar que me preguem na cruz. Não vou mesmo, de jeito nenhum. Estou farto disso.

Então Ele desapareceu, tão de repente como havia aparecido.

Era uma boa notícia, principalmente para o sr. Onstein, da escola. Ele nunca mais teria que contar aquela história terrível. Thomas sentiu-se muito feliz.

– Lindo, não é? – a sra. Van Amersfoort sussurrou.

– É – disse Thomas. Ele voltou a ouvir os sinos tocarem. O globo começou a girar, com gato e tudo. Quando ia chamar a atenção da sra. Van Amersfoort para o que estava acontecendo, viu que a cadeira dela estava flutuando acima do chão, como uma nuvem baixa. Mal teve tempo de entender o que via, quando percebeu que a cadeira de pés entalhados na qual estava sentado começava a se erguer lentamente, como se mãos fortes a estivessem levantando. Quis gritar de alegria, mas, ao ver a expressão concentrada da sra. Van Amersfoort, compreendeu que, com aquela música, era normal as cadeiras flutuarem.

– Beethoven – a sra. Van Amersfoort sussurrou. – Quando ouço essa música... – ela não terminou a frase. Nem era preciso, pois Thomas sabia exatamente o que ela queria dizer, embora não conseguisse encontrar palavras para se expressar. A mente do menino divagava e ele se via flutuando sobre campinas verdes e um castelo com um Rolls-Royce estacionado na frente. Uma princesa extraordinariamente bela acenava para ele com um lenço branco. A princesa tinha uma perna de couro que rangia quando ela caminhava, estava de vestido azul-celeste e com um colar branco. Seu pai estava no terraço, tocando violino, e sua mãe cantava docemente.

O disco acabou e começou a fazer um ruído de arranhadura. Thomas estava perplexo. As cadeiras aterrissaram suavemente no carpete. Ele se perguntava se a sra. Van Amersfoort percebera que tinham flutuado. Curioso, esperou para ver se ela diria alguma coisa, mas ela não disse nada, apenas fitava a distância. Talvez estivesse pensando no marido morto a tiros.

Thomas tomou um gole de refrigerante e disse:

— A senhora tem tantos livros! Sobre o que são?

— Ora! — a sra. Van Amersfoort exclamou. — Sobre o que são os livros? Sobre tudo o que existe. Você gosta de ler?

Thomas fez que sim com a cabeça.

— Então espere, devo ter alguma coisa para você — ela disse, virando-se para uma prateleira. — O que você quer ser quando crescer?

— Feliz — disse Thomas. — Quando eu crescer, vou ser feliz.

A sra. Van Amersfoort, que estava prestes a puxar um livro da prateleira, voltou-se surpresa. Olhou para Thomas com um sorriso e disse: — É uma ideia danada de boa. E você sabe como a felicidade começa? Começa quando deixamos de ter medo.

Ela puxou o livro da prateleira e disse: — Aqui está.

Thomas sentiu-se corar. Olhou para o livro que estava no seu colo. Chamava-se *Emil e os detetives*.

— Muito obrigado — ele gaguejou.

— É sobre um garoto que não quer ter medo e que luta contra a injustiça do mundo — a sra. Van Amersfoort explicou. — Pode ficar com ele.

Ela terminou o café, e Thomas, o refrigerante.

— Você foi muito corajoso hoje — ela disse. — Você entrou, embora todas as crianças digam que eu sou bruxa.

Thomas não ousou olhar para ela. Então ela sabia! Disse aquilo francamente, sem rodeios.

— Elas têm razão, é claro — ela disse. — Eu sou bruxa.

Fez-se um enorme silêncio, tão grande que Thomas ouviu, através da parede, seu pai gritando e sua mãe chorando.

— Meu Deus — ele disse. — Já são mais de cinco e meia. Preciso voltar para casa. — Ele se levantou de um salto, com o livro na mão. — Até logo. E obrigado.

Thomas saiu da sala, mas parou na porta de entrada. Será que seu agradecimento à sra. Van Amersfoort tinha sido suficiente? Não. Ele voltou até a sala. – Por tudo – ele disse.

– Tudo bem, meu garoto – disse a sra. Van Amersfoort. – Você não vai mais ter medo, vai?

– Não – disse Thomas. – Pelo menos não de bruxas.

3

Quando entrou na sala com o livro na mão, o pai e a mãe estavam sentados à mesa, em silêncio, com o caderno de contas domésticas da mãe aberto diante deles. Ali ela anotava tudo o que comprava e o preço de cada coisa.

— Agora preciso mesmo preparar o jantar — ela disse.

— Não — disse o pai. — Vamos primeiro terminar isto.

Com um lápis vermelho na mão, ele checava as compras anotadas no caderno, uma por uma.

— Olá, Thomas — disse a mãe.

Estendeu o rosto para ele, mas Thomas disse: — Do outro lado, mamãe.

— Por quê? — ela perguntou.

— Porque sim — disse Thomas.

Ela corou. Virou o lado direito do rosto para Thomas e ele o beijou. Era o lado que havia sido atingido.

— Onde conseguiu esse livro? — perguntou o pai, enquanto escrevia números numa folha de papel, um embaixo do outro.

— Com a sra. Van Amersfoort.

O pai levantou os olhos. Tirou os óculos e olhou para Thomas com desdém. — Quer dizer que encontrou a sra. Van Amersfoort e ela disse "Ah, é você? Tome este livro"?

— Não, não foi assim — disse Thomas.

— Então como foi?

— Carreguei a sacola de compras até a casa dela.

— Você foi muito amável! — a mãe exclamou. — Aquela coitada é tão sozinha…

O pai recolocou os óculos e continuou suas anotações. — Prefiro que você não entre naquela casa — ele disse.

Houve um silêncio. O relógio no console da lareira bateu seis horas. Thomas olhou para as lagartixas vermelhas que subiam pela chaminé em direção ao teto.

— Por que não? — a mãe perguntou, brandamente.

— Aquela mulher é comunista, você sabe muito bem — disse o pai. — Quando os russos vierem, ela estará na calçada, aplaudindo. E todos nós, cristãos, nos tornaremos escravos.

Mais uma vez se fez silêncio. As portas da varanda estavam abertas, e assim podiam-se ouvir as conversas e as risadas que vinham dos quintais dos vizinhos. Uma onda de música invadiu o quarto.

— Não é lindo? — a mãe sussurrou. — Beethoven…
Todos os homens serão irmãos…

— Deixe-me ver esse livro — disse o pai.

Thomas colocou-o sobre a mesa.

— *Emil e os detetives* — o pai leu em voz alta. — De Erich Kaestner. Acho que ele também é comunista.

— É só um livro para crianças — disse a mãe. — Que mal pode haver?

O pai empurrou o livro sobre a mesa na direção de Thomas. — Quero que o devolva o quanto antes — ele disse. — E não entre mais naquela casa.

— Posso preparar o jantar agora? — perguntou a mãe.

— O que pretende fazer para chegar até o final do mês? — o pai perguntou.

— Vou tirar da cota reservada para comprar minhas roupas — disse a mãe.

— Não, isso está indo longe demais — ele disse. Suspirando, puxou a carteira do bolso de trás e tirou uma nota de vinte e cinco florins. — Tome isto — ele disse. — Mas tente controlar as despesas da casa.

Lentamente, Thomas saiu da sala, levando seu livro. A mãe entrou na cozinha segurando a nota de vinte e cinco florins.

"Querida Elisa", Thomas escreveu no *Livro de todas as coisas.* "Talvez você pense que não é bonita porque tem uma perna de couro que range quando você anda. Ou porque uma de suas mãos tem só o dedo mindinho. Mas não é verdade. Você é a garota mais linda do mundo. Acho que algum dia você vai morar num castelo com um Rolls-Royce na garagem. Não estou escrevendo isso porque quero sair com você, pois isso não seria possível, já que você tem dezesseis anos e eu só tenho nove (quase dez). Estou escrevendo porque é verdade."

Ele olhou pela janela e pensou: "Pena eu não ter coragem de escrever essas palavras para Elisa."

Pena, pena, pena, pois era uma carta linda, principalmente o trecho sobre o castelo e o Rolls-Royce. "Não vou ter coragem, nunca na vida, nem pensar."

"Você sabe como a felicidade começa?", ele imaginou a sra. Van Amersfoort dizendo. "Começa quando a gente deixa de ter medo."

Para ela era fácil dizer, pois era bruxa. Mas, pensando bem, talvez tivesse se tornado bruxa *justamente* por ter deixado de ter medo.

Thomas pegou uma folha de papel e escreveu: "Querida Elisa, na verdade não tenho coragem de escrever isto, mas vou escrever assim mesmo…" Copiou carta, castelo, Rolls-Royce, tudo. Dobrou o papel duas vezes e o colocou num envelope. "Para Elisa", ele escreveu com letra linda e floreada, e guardou o envelope no bolso da calça. Talvez um dia o entregasse para Elisa, mas só talvez. Nunca se sabe.

—Thomas, Margot, o jantar está pronto — a mãe chamou lá de baixo.

Ele encontrou Margot no corredor. — Conte uma coisa: como é lá? — ela perguntou.

— Onde? — perguntou Thomas.

— A casa da bruxa.

De repente Thomas achou a palavra "bruxa" muito grosseira. Teve que engolir em seco antes de dizer: — Como vou saber?

Desceram a escada.

— Sei muito bem que você esteve lá — Margot sibilou. Antes de chegarem à porta da sala, ela o agarrou pela nuca. — Vamos, conte. Como é lá?

Ele a encarou. Como poderia explicar a um vegetal como era a casa da sra. Van Amersfoort?

— É... Ah... é diferente — ele disse.

Margot o sacudiu. — Diferente do quê?

— Diferente da nossa casa — Thomas disse.

Ela o soltou. — Falo com você mais tarde — ela disse.

Entraram na sala. O pai e a mãe já estavam sentados à mesa. Sob a luz, via-se o vapor que saía das panelas. Thomas sentiu o cheiro: batatas, couve-flor e carne. Ele não gostava de couve-flor.

Sentaram-se.

— Vamos orar — disse o pai.

Cruzaram as mãos e fecharam os olhos.

— Ó Senhor, nosso Deus — o pai começou.

— Olá, Thomas — o menino ouviu mentalmente. Na escuridão por trás de suas pálpebras, viu Jesus com uma longa túnica que esvoaçava ao vento. — Como vai? — Jesus perguntou.

— Vou bem — disse Thomas.

— Só bem ou muito bem?

— Só bem — disse Thomas. — Mas... — ele não ousou continuar.

— Não precisa ter medo, rapaz — disse Jesus. — Pode me contar. Não vou contar para ninguém. Palavra de honra — o Senhor Jesus cuspiu na mão direita e levantou dois dedos.

— Ele não deve bater na minha mãe — disse Thomas. Sentiu os olhos encherem-se de lágrimas, mas não queria chorar.

— Quem não deve bater na sua mãe? — Jesus perguntou.

— Você sabe muito bem — Thomas disse, zangado.

— Branco é meu nome — disse Jesus.

"Que esquisito", pensou Thomas. "O vovô sempre diz 'Branco é meu nome', mas só ele, ninguém mais."

— Quero dizer que não sei nada sobre isso — disse Jesus.

— Meu pai, é claro — Thomas gritou.

Jesus não disse nada, mas via-se pela sua expressão que estava chocado. Triste e zangado também. – Bem, vou… – ele disse, então. – Ele ficou louco?

Era isso que tia Pie sempre dizia!

Então Thomas ouviu o pai dizer: – Em nome do nosso Senhor Jesus Cristo, amém.

Thomas abriu os olhos, e Jesus havia desaparecido.

– Bom apetite – disse a mãe.

O pai cortou a carne. A faca deslizava pela carne como se fosse espuma. Mas não era, pois dela escorria sangue.

– Que faca afiada, papai! – disse Margot.

– É mesmo – disse o pai, orgulhoso. – Eu a afio toda semana.

– Ela corta qualquer coisa, por mais dura que seja! – disse Margot.

– É mesmo – disse o pai. – Com ela dá até para abater uma vaca velha.

– Corta, corta, a carne morta – disse Margot, com os olhos brilhando.

O pai repartiu a carne, pegando para si a maior fatia, pois tinha que trabalhar duro no escritório. – Não gosto de facas cegas – ele disse.

Naquela noite, quando a mãe foi levar Thomas para dormir, ela sussurrou: – O marido da sra. Van Amersfoort deu a vida por nossa liberdade. Ela também salvou muita gente durante a guerra. Sempre vou deixar você visitá-la, mas não deixe seu pai perceber.

– Certo, mamãe. Mamãe!
– O que foi?
– Você é feliz?
– Sou, meu filho, pois você me faz feliz.

Ela o beijou, apagou a luz e desceu.

Thomas ficou pensando no que a mãe tinha dito. Que ele não precisava obedecer ao pai, contanto que o pai não ficasse sabendo. E que ela era feliz. Ele sentia que algo não estava certo, mas não sabia o quê.

4

Thomas estava preocupado, pois tinha corrido risco. Tinha colocado a carta na caixa de correio de Elisa. O que ele faria se a moça encontrasse a carta? Onde enfiaria a cara? Seria melhor se esconder e nunca mais aparecer. Por isso estava em casa, lendo *Emil e os detetives*. Era um livro maravilhoso, sobre um garoto de Berlim. Não era sobre Deus. Pelo visto Emil nunca tinha sido obrigado a ir à igreja, o que era estranho.

Depois de ler durante meia hora, fechou o livro, com um suspiro. Talvez fosse bom sair um pouco, mas com bastante cuidado. Se visse Elisa, poderia, por exemplo, entrar por um portão, ou esconder-se atrás de alguma senhora gorda, como Emil em Berlim. Estava descendo a escada quando viu, lá embaixo, um envelope branco ao pé da porta. Ficou com a boca seca de tão nervoso, pois tinha certeza de que a carta era de Elisa. Se a menina tivesse ficado zangada, ele não queria mais viver. Ia se afogar no canal Vinkeles Reijnier, em meio aos peixes-espada.

Com o coração disparado, desceu saltando os degraus e pegou o envelope. "Para o sr. A. Klopper", o menino leu. Era para o pai, pois o nome de Thomas era T. Klopper. E no verso: "sra. Van Amersfoort-Raaphorst."

Não era de Elisa! Era uma carta da sra. Van Amersfoort para seu pai, o que era pior ainda! Um desastre nacional! Rapidamente escondeu o envelope debaixo da camiseta. Olhou para o poço escuro da escada. Ninguém o tinha visto. Sem fazer barulho, ele abriu a porta, saiu e voltou a fechá-la. Correu pela rua, virou a esquina e continuou correndo até chegar a um lugar onde ninguém o conhecia. Parou para tomar fôlego.

Examinou a carta. Por que razão a sra. Van Amersfoort escreveria para seu pai? Aquilo só poderia causar problemas. O pai não deveria receber aquela carta. Precisava rasgá-la e enterrá-la, pois a sra. Van Amersfoort era comunista ou algo parecido, e ainda por cima era bruxa. E quem levaria a culpa se o pai recebesse uma carta daquela mulher? Ele! Thomas! E ninguém mais. Estava prestes a rasgar a carta, quando pensou: "O que estará escrito?" Poderia ler a carta antes de rasgá-la. Assim ao menos saberia sobre o que era!

Olhou à sua volta para ter certeza de que ninguém o observava. Cuidadosamente, abriu o envelope. Por que seus dedos tremiam tanto? Por que sentia como se tivesse engolido um rinoceronte? Porque estava fazendo uma coisa totalmente proibida. "Mas se eu não fizer isso coisas muito piores poderão acontecer", ele pensou. "Alguém pode levar uma surra de cinta, por exemplo, e esse alguém pode ser eu."

Puxou a carta do envelope e a desdobrou. Havia apenas uma frase. Thomas leu-a em voz alta para si mesmo:
"Um homem que bate na mulher desonra a si mesmo."

— Um homem que bate na mulher... — Thomas sussurrou, perturbado. Então ela sabia! O menino corou de vergonha. Ela havia descoberto o grande segredo. Havia segredos que não eram tão importantes. Mas aquele segredo ninguém deveria saber, pois era horrível. A sra. Van Amersfoort sabia. Como era possível? Alguém teria contado ou ela simplesmente sabia, automaticamente, porque era bruxa?

— ... desonra a si mesmo — ele murmurou. O que significava "desonra"? Ele não fazia ideia.

— O papai não pode ler isto — ele sussurrou. — Vou levar a culpa, e a mamãe também.

Caminhou em direção ao monumento de Van Heutz. Na frente do monumento havia um laguinho com uma fonte onde as crianças brincavam com seus barquinhos a vela. Atrás dele cresciam pequenos arbustos. Thomas embrenhou-se entre os arbustos e começou a cavar um buraco com as mãos. Enfiou o envelope no buraco, mas, quando estava prestes a fazer o mesmo com a carta, hesitou. Releu a frase que a sra. Van Amersfoort havia escrito. *Um homem que bate na mulher desonra a si mesmo.* Pensou que talvez fosse uma fórmula mágica, capaz de transformar pessoas… em… alguma coisa. Era bem possível. Encheu o buraco de terra. O envelope estava enterrado, mas a carta Thomas guardou.

Voltou para casa com a carta no bolso da calça. Ele a esconderia em algum lugar da casa até que descobrisse exatamente o significado daquelas palavras. Quando entrou em sua rua, estava tão absorto que não viu Elisa se aproximar. Só levantou os olhos quando ouviu o rangido de sua perna de couro.

Sem querer, olhou direto para seu rosto e ficou vermelho como um tomate.

— Escute, Thomas — disse Elisa.

Thomas olhou para as lajes da calçada e sentiu o coração batendo como um tambor.

— Foi a carta ab-so-lu-ta-men-te mais adorável que já recebi — ele a ouviu dizer.

Ela não estava zangada. Thomas ousou encará-la novamente. Será que estava zombando dele?

— Vou guardá-la com o maior cuidado. Sempre que me sentir triste, vou ler sua carta.

— Ah — disse Thomas. — Está bem.

— Você é um garoto maravilhoso. Mais tarde, quando eu estiver morando no meu castelo, você poderá me visitar quando quiser. Vamos passear no meu Rolls-Royce — ela se abaixou e lhe deu um beijo no rosto. Depois foi embora.

Inacreditável! Um beijo de Elisa no meio da rua. Por causa de uma carta! Em seus ouvidos soava a música que ele já ouvira antes, com muitos violinos. Ele saiu pulando de alegria. Para seu espanto, lançava-se a dois metros de altura, de tão leve que estava.

Em casa, escreveu no *Livro de todas as coisas*: "Preciso escrever cartas para as pessoas. Isso as deixa animadas. E assim passam a gostar de mim."

Tirou do bolso a carta da sra. Van Amersfoort. Olhou ao redor. Onde poderia escondê-la? No guarda-roupa? Não, pois toda semana a mãe o arrumava. Debaixo do colchão? Não. Por trás daquele pedaço solto do papel de parede? Não.

Ao seu lado, na mesa, estava *Emil e os detetives*. Ele se sentou e ficou olhando para o livro. Então encontrou a solução. Um alfinete. Melhor ainda: um alfinete de segurança. Mas como conseguir um alfinete de segurança? Isso! Viu mentalmente o avental da mãe. Desceu a escada e entrou na cozinha furtivamente. Lá estava o avental, pendurado num gancho, não por uma presilha, mas por um alfinete de segurança. Tirou o avental do gancho, abriu o alfinete e pronto, era seu. Pôs o avental de volta no gancho e voltou para o quarto. Pegou a carta dobrada e passou o alfinete pelas quatro abas do papel. Depois desabotoou a camisa e prendeu a carta do lado avesso, atrás do bolso, para que não pudesse ser vista por fora. Voltou a abotoar a camisa. Agora trazia a fórmula mágica da sra. Van Amersfoort sobre o coração.

Depois da refeição, o pai leu em voz alta uma passagem da Bíblia:

— *E Deus disse a Moisés: O coração do Faraó ainda assim não cederá. Ele não deixará o povo partir. Amanhã vá ao Faraó. Ele sempre caminha perto das águas. Espere por ele na margem do Nilo. Pegue seu cajado, bata-o na água, e as águas do Nilo se transformarão em sangue.*

"Essa é a primeira praga", Thomas pensou. "A água ficou vermelha como refrigerante. Isso deve ter aterrorizado o Faraó."

— *Os peixes morreram e começaram a exalar mau cheiro* — o pai continuou.

"Os peixes", pensou Thomas. "Os peixes-espada também?" Não era culpa dos peixes que o Faraó fosse um homem mau.

Olhou para seu aquário, que ficava no quarto dos fundos. Sua luz brilhava. Tinha uma cor esverdeada. Imagine se a água de repente ficasse vermelha como sangue… os peixes morreriam? – Todas as pragas do Egito – ele sussurrou. – Uma após a outra.

Ele adorava seus peixes, mas às vezes era preciso fazer sacrifícios.

– É isso – disse o pai, fechando a Bíblia. – O que você disse, Thomas?

– Eu disse "Todas as pragas do Egito."

– É – o pai disse, satisfeito. – Essa foi a primeira. Amanhã veremos a segunda.

Thomas estava brincando na rua quando um jipe da polícia apareceu, com as sirenes tocando. Parou e dele saíram três policiais. Correram até o número 1 e tocaram a campainha. Ao mesmo tempo, chutavam a porta com as botas. Foi assustador. Rapidamente uma multidão se formou.

– O que está havendo?

– Vieram prender o Bikkelmans.

– Aquele nazista?

– Não sei se ele de fato era do partido, mas era tão a favor da Alemanha quanto… eh…

– Quanto Hitler?

Muitos deram risada. A porta se abriu e os policiais subiram a escada correndo. Foi quando a sra. Van Amersfoort chegou. Pôs sua pesada sacola de compras no chão e, pelo poço da escada, ficou observando silenciosamente o número 1.

— O que será que houve, hein, sra. Van Amersfoort? — alguém gritou.

A sra. Van Amersfoort encolheu os ombros: — Ah, coitado.

Por um longo tempo nada aconteceu. Então houve um tropel e ouviu-se uma gritaria no alto da escada. Dois policiais saíram, e no meio deles um homem se debatia. Um deles segurava-o pelos cabelos, o outro apertava-lhe o pescoço. O terceiro policial vinha atrás do homem, empurrando-o pelas costas.

— Queria que vocês tivessem mostrado toda essa valentia durante a guerra! — gritou de repente a sra. Van Amersfoort. — Ele é um ser humano, não é um porco!

Os policias a ignoraram. Jogaram o homem no banco de trás do jipe. Dois deles sentaram-se na frente. O terceiro subiu no banco de trás e sentou-se nos ombros do homem. Embrulhou-se no seu casaco de campanha, de tal modo que o homem ficou invisível. Só se ouviam seus gritos, que se sobressaíam ao barulho do motor.

— Que modos são esses? — a sra. Van Amersfoort gritou. — Ninguém lhes deu educação? — Mas o jipe arrancou ruidosamente e virou a esquina.

— Vocês viram isso? — a sra. Van Amersfoort gritou, enfurecida.

Ninguém respondeu. Então Thomas disse: — Eu vi, sim.

A multidão se dispersou. — Ele mereceu — alguém disse. — Era pior do que imaginávamos.

A sra. Van Amersfoort tirou um maço de Golden Fiction do bolso do casaco e acendeu um cigarro. Então olhou para Thomas.

— Eu não devia ter gritado daquele jeito, Thomas — ela disse. — Mas não suporto ver pessoas sendo tratadas com tanta brutalidade. E agora estou completamente sem fôlego.

— Posso carregar sua sacola para dentro? — perguntou Thomas.

— Vamos carregá-la juntos — disse a sra. Van Amersfoort. — Está cheia de livros.

Ela pegou uma alça e Thomas a outra.

— O que aquele homem fez? — o menino perguntou.

— Ah, ele pertencia a um grupo que apoiava o lado errado.

— Ah, sei — disse Thomas.

A sra. Van Amersfoort tomou seu café, e Thomas seu refrigerante. Um dos gatos aboletou-se no colo dele, ronronando e aquecendo-lhe as pernas.

— Terminei o livro — disse Thomas.

— E então? O que achou?

— Gostei — disse Thomas.

— Do que mais gostou?

— De quando todas aquelas crianças ajudaram Emil — disse Thomas. — De quando capturaram o vilão juntas. E daquela história com o alfinete, foi muito bom mesmo.

A sra. Van Amersfoort concordou com a cabeça. No silêncio, ouvia-se apenas o gato ronronando.

— Quero lhe perguntar uma coisa — disse Thomas, constrangido. — É uma pergunta boba.

— Também tenho uma pergunta boba — disse a sra. Van Amersfoort. — Fale você primeiro.

— Posso levar o refrigerante para casa? — perguntou Thomas, sem ousar encará-la.

— Você pode tomá-lo todo aqui, não é? — perguntou a sra. Van Amersfoort, surpresa.

— Mas eu queria levar a garrafa toda — disse Thomas, sem olhar para ela. Certamente ela perguntaria para quê, e ele não podia dizer.

— A garrafa... — ela disse. — Tudo bem, depois eu compro outra.

— Muito obrigado – disse Thomas. Ela não tinha perguntado para quê. Talvez soubesse, pois era bruxa.

— Agora é minha vez – disse a sra. Van Amersfoort. – Uma pergunta tola. Lá vai. Thomas, você apanha em casa?

Thomas sentiu um golpe no estômago. – Eu? – ele falou, sem pensar. – É claro que não!

Mas ele pensou: "Eu levo uns tapas de vez em quando, mas a mamãe apanha." E teve vontade de dizer: "Minha mãe! É ela quem apanha!" Sentiu um enorme aperto na garganta.

Por um momento, a sra. Van Amersfoort não disse nada. O gato pulou do colo de Thomas e se espreguiçou. Thomas esvaziou o copo rapidamente. Ela sabia tudo, tudo. Mas a boca do menino estava travada. Ele não conseguia falar. "Jesus… mamãe…", ele pensou. "O que vou fazer?"

— Graças a Deus – disse a sra. Van Amersfoort. – Vamos ouvir música?

Thomas olhou para o relógio na estante. – Preciso ir para casa, está na hora – ele disse.

— Certo – e a sra. Van Amersfoort se levantou. – Vou pegar outro livro para você. Aqui está, leve este. Mas depois devolva. *Sozinho no mundo*.

Ela o acompanhou até a porta. — Estou lhe emprestando esse livro exatamente porque você *não* está sozinho no mundo.

— Ah, sei — disse Thomas, olhando para ela constrangido. — E o refrigerante? — ele sussurrou.

5

— Em nome do Senhor Jesus Cristo, amém — disse o pai. Abriu os olhos e disse — Bom apetite.

— Bom apetite — disse a mãe.

— Bom apetite — disse Thomas.

— Vejam! — exclamou Margot. — O aquário está vermelho!

O pai virou-se para olhar. A mãe fez o mesmo.

— Meu Deus — disse Thomas. — É impossível!

Margot caiu na gargalhada. — Eu sei! — ela disse, rindo alto. Ria tanto que não conseguia falar. Seus olhos encheram-se de lágrimas.

O pai levantou-se e foi até o aquário.

— Eu sei — gritou Margot. — A água transformou-se em sangue!

O pai voltou e se sentou. Estava pálido. Começou a comer.

— Você vai ter que trocar a água já, Thomas — disse a mãe.

— Nada disso — disse o pai. — A água vai ficar como está.

Levou uma garfada de comida à boca e pouco a pouco a cor voltou ao seu rosto.

— He he he — Margot riu daquele seu jeito estúpido. — É um milagre.

— No tempo do Faraó — disse o pai —, também havia trapaceiros, que faziam a água do Nilo mudar de cor. Eram os feiticeiros do Faraó. Eles diziam: "Vejam só, o que Deus pode fazer nós também podemos."

— Como conseguiam? — perguntou Margot.

— Não sei — disse o pai —, o que eu sei é que eram enviados do diabo.

— Talvez haja algum germe na água, ou algo parecido — disse a mãe, nervosa.

— Não creio — disse o pai. — Acho que o germe está sentado à mesa. Um germe humano que acha divertido zombar da onipotência de Deus.

— Um feiticeiro! — Margot gritou, entusiasmada.

Thomas encarou-a e viu em seu olhar algo que nunca tinha notado antes. "Ela está irritando o papai de propósito", ele pensou, admirado.

— Um impostor — disse o pai. — Como os feiticeiros do Faraó. Homens possuídos pelo mal.

— Oh, que emocionante, papai! — E Margot deu uma risadinha estúpida.

— Mais tarde vou trocar a água do aquário — disse a mãe.

— Não vai, não — disse o pai. — *Os peixes morreram e começaram a exalar mau cheiro*, assim está escrito.

A mãe se calou, e Margot começou a contar uma história sobre um livro que precisava ler para a escola. Ninguém lhe deu ouvidos. Quando todos acabaram de comer, o pai abriu a Bíblia. Ele disse:

— Lembre-se disso, Margot. Existe apenas um livro verdadeiro neste mundo, e esse livro é a Bíblia. Os livros que você precisa ler para a escola foram escritos por pecadores, como os feiticeiros do Faraó. Eles escrevem livros, mas são livros falsos.

— Oh — disse Margot, examinando as unhas da mão.

— Leia-os com inteligência e tenha cuidado para que seu coração fique com a Bíblia — disse o pai.

— *Meu coração pertence a Johnny* — Margot disse docemente.

— O que você disse?

— Nada, papai.

O pai colocou os óculos e leu em voz alta: — *Mas os feiticeiros fizeram o mesmo com seus poderes mágicos. Transformaram a água em sangue. Portanto o Faraó não ouviu Moisés. Então Deus disse a Moisés: "Vá ao Faraó e diga que ele deve libertar meu povo. E, se não o fizer, diga-lhe que infestarei todo o seu território de sapos. O Nilo ficará abarrotado de sapos e eles invadirão sua casa, sua cama, em toda parte haverá sapos." Assim aconteceu. Os sapos cobriram todo o Egito. Mas os feiticeiros do Faraó fizeram o mesmo com seus poderes mágicos: fizeram sapos aparecer em toda parte, em todo o território egípcio.*

O pai fechou a Bíblia e disse: — Por ora é só.

— Os feiticeiros eram espertos, não é mesmo? — Margot murmurou.

— O diabo é terrivelmente esperto — disse o pai.

A mãe empilhou os pratos e disse: — Pegue aqui, Thomas.

Thomas levou a pilha de pratos para a cozinha. A mãe o seguiu com as travessas e panelas. — Pegue um balde — ela sussurrou. — Vamos.

Thomas seguiu a mãe, carregando o balde vazio. Foram para o quarto dos fundos, onde estava o aquário. A mãe fez a tampa deslizar, com a luz de lado. — Onde está o sifão? — ela perguntou.

Thomas pôs o balde no chão. Pegou uma mangueira de borracha do pequeno armarinho embaixo do aquário. A mãe colocou uma das extremidades da mangueira na água e começou a aspirar pela outra ponta.

— O que você pensa que vai fazer? — disse o pai.

Eles não o ouviram chegar. Com a mangueira na boca, a mãe não conseguia responder. Thomas encarou o pai. "Senhor Jesus", ele pensou, "ajude-nos!"

A mãe tirou a mangueira da boca e voltou-a para baixo. Um jato de água vermelha se despejou no balde.

— Estamos trocando a água do aquário — disse a mãe.

O pai pôs as mãos no bolso. — O que foi que eu disse sobre isso? — ele perguntou.

— Tem que ser feito — disse a mãe —, senão os peixes vão morrer.

— Vai ser uma boa lição para o nosso vil feiticeiro — disse o pai.

— Eu não acho — disse a mãe.

— Você me ouviu, mulher — disse o pai. — Pare imediatamente com o que está fazendo.

— Não — disse a mãe.

— Papai — Margot chamou do quarto da frente. — Pode me ajudar com a lição de geometria?

— Vou contar até três — disse o pai.

— Pode contar — disse a mãe. A água vermelha respingou no balde.

— Um... dois... três — o pai contou.

— Papai — a filha chamou.

O pai avançou de um salto, arrancou a mangueira do aquário com uma mão e, com a outra, deu um tapa no rosto da mãe. Ela gritou. Então aconteceu algo inacreditável: ela revidou. Gritando, ela bateu, bateu, bateu, mas só uma vez acertou o rosto dele. Os outros tapas atingiram seus braços. Então o homem começou a espancá-la violentamente, onde conseguisse acertar. Era muito mais forte do que ela. A mãe perdeu as forças e caiu no chão, chorando. Naquele instante começou a chover no mundo inteiro.

— Papai! — gritou Margot. — A Bíblia foi escrita por pessoas. Por pessoas!

Então a campainha tocou.

O tempo continuava passando, mas ninguém fez um só gesto. O pai ouvia o silêncio, sua cabeça girava. A mãe chorava baixinho. Margot, no quarto da frente, estava em pé ao lado da mesa, imóvel e ereta como uma vela. Thomas tentava parar de respirar.

A campainha voltou a tocar, longa e insistentemente.

— Quem será? — o pai sussurrou.

"O Senhor Jesus", pensou Thomas.

O pai agachou-se ao lado da mãe. — Vá para cima — ele disse, sacudindo-a pelos ombros. Ela se levantou penosamente. Seu nariz sangrava. — Tome, pegue este lenço — disse o pai. — Rápido, vá para cima.

A mãe saiu da sala e subiu a escada, cambaleando.

O pai foi até a escada que descia para a porta da frente e olhou para baixo.

A campainha voltou a tocar. Ele puxou a cordinha que pendia perto do corrimão e o trinco da porta se abriu. Alguém entrou. – Vizinha – disse uma voz de mulher –, poderia me emprestar uma xícara de açúcar?

Thomas havia seguido o pai sorrateiramente. Seu coração batia forte, pois tinha reconhecido a voz. Não era o Senhor Jesus, era a sra. Van Amersfoort.

– É claro, sra. Van Amersfoort – disse o pai. – Já vou pegar.

– Ah, é o senhor – disse a sra. Van Amersfoort, e foi subindo a escada.

– Espere que já trago o açúcar – o pai falou.

A sra. Van Amersfoort parecia não ter entendido, pois continuou subindo.

O pai precipitou-se até a cozinha, pegou o açúcar, encheu uma xícara e rapidamente voltou até a escada.

Mas a sra. Van Amersfoort já estava no corredor, segurando uma xícara vazia. – Que chuva impressionante começou a cair de repente – ela disse.

– Ah, a senhora trouxe sua xícara – disse o pai. Com as mãos trêmulas, ele despejou o açúcar na xícara da vizinha.

– Muito obrigada. Sua esposa não está? – perguntou a sra. Van Amersfoort.

– Ela não está se sentindo bem – disse o homem.

– Coitadinha. O que ela tem?

– Problemas de estômago – disse o pai.

Nos ouvidos de Thomas começou a soar a música de muitos violinos, que ele já conhecia. "O papai está com medo", ele pensou, surpreso.

— Acho que vamos precisar ter uma conversa qualquer dia desses — a sra. Van Amersfoort disse.

— Uma conversa? — perguntou o pai.

— Pense nisso — a sra. Van Amersfoort disse. Olhou para o pai e depois para Thomas. — Olá, Thomas — ela disse. — Dê um beijo na sua mãe por mim.

Ela desceu a escada lentamente. — Obrigada pelo açúcar — ela disse. E a porta bateu atrás dela.

O pai caiu de joelhos. Gotas de suor lhe escorriam da testa para o rosto. Uniu as mãos e levantou os olhos para o céu. — Senhor Deus, perdoe-me por ter me deixado levar pela raiva. O que mais posso fazer para levar este lar até Você? Venha socorrer seu servo, ó Senhor! Suplico-lhe em nome do Senhor Jesus Cristo, amém.

Thomas olhou para o homem ajoelhado no chão. O pai tinha lágrimas nos olhos, mas o menino não sentia a menor pena. — Vou para cima — ele disse. — Quer que leve a colher de pau?

O homem olhou para ele, com os olhos úmidos. — Não, meu garoto — ele disse com voz rouca. Estendeu os braços para Thomas e disse: — Venha cá.

Mas o menino se afastou e subiu a escada. No andar de cima, bateu na porta do quarto dos pais. A mãe não respondeu, mas Thomas ouvia seu choro. Ele abriu a porta devagarinho. A mãe estava deitada de bruços, com o rosto virado para a janela. O menino foi até ela e beijou-lhe o rosto molhado. Não sabia o que dizer, então não disse nada.

— Não faça mais isso, Thomas — ela disse. — Chega de pragas do Egito.

— Está bem, mamãe — disse Thomas. Esperou para ver se a mãe queria dizer mais alguma coisa, mas ela tinha terminado.

Ao deitar para dormir, Thomas tentou orar. Tinha acabado de dizer: — Senhor, não o perdoe por isso, nunca o perdoe… —, quando de repente o Senhor Jesus apareceu. Com sua túnica branca flutuando ao vento, ele estava no deserto ou em algum outro lugar. Havia montes de areia e um céu muito azul.

— Olá, Thomas — ele disse. — Tudo sob controle?

— Não — disse Thomas.

— O que aconteceu? — perguntou o Senhor.

— Tudo — disse o menino. — E, para ser honesto, você não está sendo muito útil.

Thomas viu que o Senhor tinha se ofendido, mas, naquelas circunstâncias, ele não se importava muito.

– O que está querendo dizer? – perguntou o Senhor Jesus. – O que está havendo? Afinal de contas, eu libertei a humanidade!

– Libertou? – perguntou Thomas. – Do quê, exatamente, posso saber?

O Senhor franziu as sobrancelhas. – Vamos lá, pare com isso. Você sabe perfeitamente.

– Branco é o meu nome – disse Thomas.

Aquilo fez o Senhor cair na gargalhada. Deu para ver que ele não tinha medo de dentista. – Está bem, está bem – disse o Senhor. – Você há de entender quando for mais velho.

– Ah, sei – disse Thomas.

O Senhor Jesus se abaixou e escreveu na areia com o dedo. Quando acabou, levantou-se de novo. E na areia estava escrito: *Estou feliz por você existir, Thomas!*

O Senhor Jesus olhou para Thomas e pôs a mão em sua cabeça. – Você é forte, Thomas – ele disse. – Você é forte porque é bom, lembre-se disso. Todos nós aqui de cima temos orgulho de você. Pode acreditar.

– Sim, Senhor Jesus – disse o menino.

– Pode me chamar só de Jesus – o Senhor sorriu. – Afinal, você é meu garoto favorito. Estou até pensando em chamá-lo para mim.

Embora ele não fosse, mesmo, muito útil, era bom bater um papo com Jesus de vez em quando.

– Seria maravilhoso, Jesus – disse Thomas. E o menino adormeceu.

6

"Eu me lembro de tudo", Thomas escreveu no *Livro de todas as coisas*. "Não me esqueço de nada. Anoto tudo, para que mais tarde eu saiba exatamente o que aconteceu."

Eis o que aconteceu naquele dia: Thomas acordou com um barulho que vinha lá de fora. Era como se milhares de pessoas estivessem na rua, murmurando. Mas não podia ser, pois ainda eram apenas seis da manhã! Thomas se vestiu, foi até a janela e olhou para fora. A princípio não viu nada, pois, embora seus ouvidos estivessem alertas, seus olhos ainda estavam sonolentos. Agora era um som diferente de tudo. Olhou para baixo e percebeu que as pedras que revestiam a rua e a calçada tinham mudado de cor. Estavam meio esverdeadas. Quando seus olhos despertaram, o menino percebeu que tudo se movia. A rua e a calçada estavam cobertas de algo esverdeado que se movia. Então ele se deu conta: eram sapos! A rua Breughel estava coberta de sapos. Olhou na direção da avenida Apollo e não enxergou o fim daquela avalanche de sapos, que também chegavam da rua Jan van Eyck. Eles coaxavam. Parecia o ruído da engenhoca do caminhão de lixo, mas como se fossem mil caminhões de lixo de uma vez. Thomas abriu a janela, olhou para baixo e viu que os sapos estavam se amontoando diante da porta. Um subia nas costas do outro e eles iam se empilhando. Thomas não conseguia enxergar a porta, mas via que a pilha de sapos estava alta, encostada à parede da casa. Nunca na vida tinha visto uma pilha tão grande de sapos. Será que estavam tentando forçar a porta com seu peso? "Mamãe", ele pensou, aflito. "Não fui eu. Branco é o meu nome."

Saiu do quarto sorrateiramente e desceu a escada na ponta dos pés. Olhou para baixo, para a porta de entrada, que vibrava como se um milhão de dedos tamborilassem nela. "A qualquer momento a porta vai ceder", o menino pensou. Não sabia o que fazer.

Desceu a escada devagarinho. A meio caminho sentiu cheiro de brejo. Os batentes da porta balançavam. Era assustador. Thomas se virou e subiu de volta, correndo. "A mamãe precisa acreditar em mim", ele pensou. "Mas é claro que ela não vai acereditar. Nem o papai." Sentou-se no chão, no patamar da escada. Estava desesperado. Se um trilhão de sapos queriam entrar na casa, a culpa era dele, claro. De quem mais poderia ser?

Estava encrencado. A mãe não queria saber de pragas do Egito, pois causavam muitos problemas. O pai achava que ele zombava de Deus. Estava numa grande enrascada. O que Remi de *Sozinho no mundo* faria? Então ele resolveu. Tinha que conversar com os sapos.

Desceu a escada mas, ao sentir o cheiro de brejo, pensou: "Como se conversa com sapos?"

Respondeu à sua própria pergunta: "Do mesmo jeito que se conversa com as pessoas, é claro. Remi conversa com os animais o tempo todo. Afinal, os sapos não são estúpidos."

No andar de baixo, colocou a mão contra a porta. Sentiu que ela balançava e a ouvia ranger sob o peso dos sapos. "São sapos amigáveis", ele pensou. "Vieram ajudar mamãe e eu. A intenção é boa, mas Deus endureceu o coração do Faraó."

Ajoelhou e tentou abrir a caixa do correio à força. Não era fácil, pois estava abarrotada de sapos. Forçou, forçou, e conseguiu abri-la só um pouquinho. Imediatamente, dez patas de sapo enfiaram-se pela fresta, como numa história de terror. Mas Thomas não gostava de histórias de terror. O vovô tinha os *Contos de fadas de Grimm,* e ele sempre pulava um que se chamava "O jovem que queria aprender o que era o medo". O avô era meio assustador, pois tirava os dentes da boca quando Thomas estava olhando. Mas o menino gostava do avô. Ele acreditava em Deus, porém não era fanático. Não batia em ninguém e, quando estava com raiva, gritava: — A vassoura de aranha! A vassoura de aranha! Thomas não entendia por quê.

— Olá — ele disse baixinho, para dentro da caixa de correio.

Não queria acordar o pai e a mãe.

— Olá, sou Thomas.

Por um momento parecia que nenhum sapo tinha ouvido, pois as patas continuavam se movendo e todos continuavam coaxando. Mas aos poucos o barulho foi diminuindo, se distanciando, até que os sapos mais próximos ficaram em silêncio.

— Caros sapos — Thomas disse. — Muito obrigado por terem vindo até aqui. Mas vocês não podem entrar, pois minha mãe não vai permitir. E *O que a mãe diz está dito*. Já ouviram isso? É um programa de rádio que ouço quando estou farto da escola. Por favor, voltem para seus brejos e canais. Agradeço a atenção dispensada — Thomas adorava as palavras, principalmente quando não as entendia.

Houve um momento de tranquilidade. Depois a agitação recomeçou, primeiro perto da porta, depois foi se propagando para mais longe. Os sapos pareciam agitados, por isso Thomas achou que não tivessem entendido. Mas então as patas retiraram-se da caixa de correio. Os sapos coaxavam cada vez mais baixo. Aos poucos seu ruído se tornou como o de pessoas murmurando, até que eles ficaram em silêncio. O menino ficou esperando. A porta parou de balançar, parou de tamborilar. Ele abriu a caixa de correio e olhou. Os sapos estavam indo embora!

— Thomas! — chamou Margot. — Thomas, o que você está fazendo aí?

O menino olhou para cima e viu Margot de camisola, no patamar da escada.

— Ssshhh — ele sussurrou, subindo a escada sem fazer barulho.

— O que você estava fazendo ali? — perguntou Margot.

— Estava cheio de sapos — disse Thomas. — Mas a mamãe não quer isso.

— O que a mamãe não quer?

— As pragas do Egito.

Margot ficou olhando para ele por um longo momento. — Thomas — ela disse, então.

— O que foi?

— Quantos sapos havia ali?

— Milhões.

— Verdade? Você os viu?

— Com meus próprios olhos.

Margot balançou a cabeça lentamente. – Thomas – ela disse. – Nem sempre acredite nos seus olhos.

Thomas encolheu os ombros.

– Você precisa manter a cabeça no lugar – disse Margot. – Desse jeito vai acabar ficando maluco.

– Não – disse Thomas.

– Thomas!

– O que foi?

– Sabe o que a Elisa me disse outro dia?

Thomas corou. Fez que não com a cabeça.

– "Você tem um irmão encantador."

– Ah – disse Thomas.

Ele olhou para os cabides da parede. Os casacos estavam pendurados.

– Sabe, Thomas – disse Margot –, a Elisa tem razão.

Thomas olhou rapidamente para o rosto da irmã. Talvez ela não fosse tão estúpida como ele sempre havia pensado.

Sentaram-se juntos no patamar da escada. Thomas não se lembrava de que algum dia tivessem sentado juntos ali na escada. Era uma sensação especial.

– Você sabe o que quer dizer "desonrar"? – Thomas perguntou.

Margot olhou para ele. – Desonrar? Desonrar é fazer a pessoa perder a honra. Por exemplo, ah… Não consigo pensar num exemplo.

— Não importa — disse Thomas. — Mas o que é "honra"?

— Espere — disse Margot. — Já sei. "Desonrar" é fazer a pessoa perder a dignidade.

Thomas suspirou. O que era "dignidade"?

Colocou a mão por dentro da camiseta e abriu o alfinete de segurança. Puxou a carta dobrada da sra. Van Amersfoort e leu: *Um homem que bate na mulher desonra a si mesmo.*

— Deixe-me ver — disse Margot, e leu a frase. — Onde você pegou isto? É a pura verdade!

— Não posso contar — disse Thomas. — É segredo.

Margot levantou a cabeça e ouviu o silêncio. — O papai precisa ler isto — ela sussurrou.

— E se ele ficar zangado? — perguntou Thomas.

— Ele tem que ler — disse Margot, e entregou a carta para Thomas. — Tem mesmo.

— Ainda não — disse Thomas, voltando a prender a carta debaixo da camiseta.

— Ah, sim — disse o pai aquela noite, enquanto cortava a carne. — Já ia esquecendo. Hoje de manhã, quando saí, havia um sapo sentado no canto da porta de entrada. O coitadinho estava tão assustado que até tapou os olhos com as patinhas.

Margot engasgou com a chicória. A mãe olhou de relance para Thomas, mas ele fingiu não perceber. O nariz dela estava vermelho e inchado, e numa das narinas havia um tampão de algodão.

— Também tive uma experiência estranha — disse Margot, quando parou de tossir. — Fui mandada para fora da aula.

— O quê? — o pai disse, chocado. — Não pode ser verdade.

— Mas é — disse Margot. — O sr. De Rijp disse que eu era muito sabichona e me mandou sair.

— O que é sabichão? — perguntou Thomas.

— Alguém que acha que sabe tudo — o pai explicou. — E isso é muito irritante.

"Tem uma coisa que eu sei", pensou Thomas. "E se meus pais me dessem para um velho músico chamado Vitalis, como em *Sozinho no mundo*? Ele teria cachorros e um macaco de nome difícil. O velho morreria durante nossas viagens e eu ficaria sozinho no mundo, com a Elisa."

— Mas o que foi que você disse, exatamente? — o pai perguntou para a filha. Percebia-se que ele estava preocupado.

— Eu disse que não queria ler aqueles livros mentirosos que estavam na lista — disse Margot —, que a Bíblia me bastava.

Fez-se um silêncio tão terrível que Thomas despertou de seus pensamentos. O pai estava vermelho. "Jesus!", o menino pensou, mas o Senhor não apareceu.

— Preste atenção, Margot — o pai disse, nervoso. — Você não entendeu nada. Os livros que você precisa ler contêm opiniões de pessoas. Na Bíblia, não há opiniões, há verdades. Porque a Bíblia é a palavra de Deus. Foi isso que eu quis dizer. Não significa que você pode ser insolente com o professor!

— Eu só disse o que aprendi com você — disse Margot, virtuosamente. Ela mastigava a carne com animação. — A comida está uma delícia, mamãe.

A mãe olhou para a filha e sorriu.

— Amanhã — o pai disse alto e bom som —, amanhã… — sua voz falhou. — Amanhã você vai pedir desculpas ao sr. De Rijp.

— Certo, papai — disse Margot, sem olhar para ele. — Quer que eu arrume seu cabelo mais tarde, mamãe?

— O que está acontecendo com este mundo? — o pai perguntou. — Não posso acreditar. Você vai ler todos os livros da lista, entendeu?

— Entendi, papai — disse Margot. — Quer que lhe faça tranças, mamãe?

— Seria ótimo, Margot — disse a mãe.

— Você conhece *Sozinho no mundo*? — Thomas perguntou ao pai. — É sobre um menino que está sozinho no mundo.

O pai não ouviu. Zangado, amassou suas batatas com o garfo.

— É um livro triste — disse Thomas. — Mas é emocionante também.

Sentiu a mão da mãe em sua cabeça. — Coma, Thomas — ela disse.

Quando a mãe dizia aquilo, ele sabia que era melhor ficar de boca fechada.

— Por que você não diz alguma coisa? — o pai perguntou. — Ela é sua filha também, sabia?

A mãe olhou para o marido. — Você sabe dizer tudo isso muito melhor do que eu.

Seguiu-se um silêncio gelado.

"Sabichão", Thomas pensou. "Boa palavra. Preciso me lembrar dela."

— Quem lhe deu esse livro? — o pai perguntou de repente.

— Livro? — disse Thomas.

— *Sozinho no mundo* — disse o pai, impaciente.

Thomas teve medo.

— Fui eu — disse Margot, com indiferença.

Thomas olhou para a irmã, atônito.

— Ah — disse o pai. Parecia desconfiado. — E onde você o arranjou?

— Ganhei de presente de Dia de São Nicolau, há muitos anos — disse Margot.

O pai se debruçou sobre o prato.

"Ele está comendo", pensou Thomas, aliviado.

O pai leu sobre a terceira praga do Egito: toda a poeira do mundo transformou-se em mosquitos. Todos foram mordidos cruelmente. O mundo todo se coçava. Mas Thomas sabia que a mãe não queria aquilo, portanto aquela praga não lhe interessava. Precisava de um plano diferente para transformar o coração do Faraó, mas Thomas não conseguia pensar em plano nenhum.

O pai fechou a Bíblia. — Vamos orar — ele disse. Uniu as mãos e fechou os olhos. — Senhor nosso Deus...

— Ouça, Thomas — o menino ouviu. Era o Senhor Jesus. Ele estava ali, chamando-o no deserto. — Também passei maus bocados com o meu pai, sabia?

— É verdade? — perguntou Thomas.

— É — respondeu o Senhor. — Ele era muito severo. Tive que ser pregado na cruz, querendo ou não.

— Ah, é mesmo — disse Thomas. — Não foi muito bom para você.

— Não — disse o Senhor. — Aconteceu uma vez e nunca mais. E agora, além de tudo, o perdi de vista.

— Quem? — perguntou Thomas.

— Deus, o Pai — disse o Senhor Jesus. — Não o encontro em lugar nenhum. Procurei por todo o Paraíso. Muito estranho. Desapareceu depois da última vez que você apanhou. Acho que foi demais para Ele.

— Você acha? — Thomas perguntou.

— Acho que Ele gostava muito de você, Thomas, e já não estava suportando essa situação. É minha opinião pessoal.

— Em nome do Senhor Jesus Cristo, amém — disse o pai.

— Tchau, Jesus — Thomas sussurrou. E a campainha tocou.

7

Tia Pie subiu a escada, furiosa. Thomas a aguardava lá em cima. Era como se o sol estivesse invadindo a casa. Com a tia Pie, o calor inundou o corredor frio.

— Olá, garoto — ela disse. Beijou Thomas, por baixo do chapelão que trazia preso na cabeça por um alfinete.

— Olá, tia Pie — disse Thomas.

O menino gostava das visitas da tia, mas dessa vez era diferente. Tia Pie não parecia feliz. Seu rosto estava coberto de manchas vermelhas.

— Você é um menino ótimo — ela disse. Estava com a voz rouca, como se tivesse chorado. Tia Pie foi avançando e entrou na sala com seu chapéu de abas. Foi até a mesa, pôs as mãos na cintura e gritou: — Benno me bateu!

A Terra tremeu e o céu perdeu o fôlego. Os pássaros nas árvores se calaram e o vento parou de soprar. Os sinos das igrejas começaram a tocar por conta própria e os bondes pararam onde estavam. O tio Benno tinha batido na tia Pie! O espanto se espalhou pela Terra.

— E sabem por quê? — gritou a tia Pie. — Porque comprei uma calça! Ele me bateu porque vesti calça comprida! Será que o Benno ficou completamente maluco?

A mãe, Margot, Thomas e o pai olhavam para tia Pie como se ela fosse um fantasma. Pálido, o pai disse:

— Margot e Thomas, vão para o quarto. Eu e tia Pie precisamos conversar.

— Não, nada disso! — disse a tia Pie. — Não tenho nada a esconder — seus olhos corriam de Margot para Thomas e vice-versa. — Margot, Thomas, seu tio Benno me bateu. É isso.

— Sente-se, Pie — disse a mãe. Levantou-se e puxou uma cadeira. A tia Pie se sentou.

— E eu acho que você — tia Pie apontou o dedo para o pai —, como irmão mais velho, deveria falar com ele. Tem que dizer a ele que isso não se faz. Se não, vou me postar na frente de casa como um cartaz: *O sr. Klopper bate na mulher porque ela usa calça comprida*. É isso o que vou fazer. Será que ele perdeu completamente o juízo?

— Calma, Pie — disse o pai, com voz trêmula. — O homem é o chefe do casal, e isso é simplesmente um fato da vida…

— Mas isso não significa que ele pode sair por aí dando cintadas em todo mundo! — exclamou a tia Pie.

— Ouça, Pie – disse o pai, severo. – Deixe-me terminar. O homem tem o dever de orientar a esposa e os filhos. Se eles se recusam a ouvi-lo, ele não só pode…

— Bater? – gritou a tia Pie.

— … tomar medidas severas. Assim Deus ordenou as coisas. Deus também ordenou que as mulheres usem saia e os homens, calça.

Tia Pie sorriu maliciosamente. – É ridículo! – ela gritou.

O pai levantou a voz: – E se você teimar em desobedecer aos mandamentos de Deus, seu marido tem o direito de obrigá-la, usando de força se for preciso.

Tia Pie olhou para o pai, com escárnio. – Ah, é mesmo? – ela disse, irônica. Ela abriu a bolsa e tirou um maço de cigarros. Pegou um e o acendeu, e depois soltou uma nuvem de fumaça contra a luz. – Tudo bem – ela disse. Está claro que você não vai ter utilidade. Mas vou lhe dizer uma coisa: se o Benno voltar a me bater eu vou embora, e ele nunca mais vai me ver. E de hoje em diante só vou usar calça. Veja.

Pôs as pernas sobre a mesa, mostrando-lhes sua calça rosa. Piscou para Thomas. – Concorda, meu doce?

Na mesma hora Thomas olhou para o pai. "Branco é meu nome", ele pensou.

— Aliás, o que aconteceu com o seu nariz? — tia Pie perguntou para a mãe. — Espero que não esteja desobedecendo aos mandamentos de Deus.

— Não, não foi nada — a mãe disse, meio sem jeito. Olhou para a toalha da mesa, em que havia algumas manchas de molho de carne.

— Estou brincando — disse a tia Pie. — Mas por que seu nariz está inchado?

— Não é nada — disse a mãe. — Dei uma topada em alguma coisa.

— No aquário — disse Margot. — Não é mesmo, papai?

Thomas sentiu o medo no estômago. "Não, Margot", ele pensou. "Não provoque."

Tia Pie lançou pequenas nuvens de fumaça em direção ao teto. — É — ela disse. — Esses aquários podem ser perigosos. Eu vivo dando topadas em aquários, quase sempre com o nariz.

— Aceitam uma xícara de café? — disse a mãe, nervosa.

— Eu não — disse a tia Pie. Lançou um olhar sarcástico para o pai. — De repente percebi uma coisa — ela disse. — Você é tão covarde quanto o seu irmão.

— Pie — disse a mãe. — Você está enganada…

Tia Pie apagou o cigarro no prato do pai. — O dever me chama — ela disse. — Vou voltar para meu marido zeloso e de mãos soltas. Mas vou lhe dar uma lição! Esperem para ver!

Virou-se e beijou a mãe, depois Margot e por último Thomas. — Não vamos ficar de braços cruzados, vamos? — ela disse. Saiu furiosa da sala, com seu chapéu, e voou escada abaixo. O silêncio pesava. Ninguém ousava olhar para ninguém. Thomas sentia o cheiro da tia Pie. Sua fumaça e seu perfume ainda pairavam sob a luz.

— Não é hora de fazer a lição de casa, Margot? — o pai perguntou. Sua voz soava como um balde vazio.

— Tudo bem, papai, mas antes vou arrumar o cabelo da mamãe.

— Ah — disse o pai, levantando-se. — Tenho coisas do trabalho para resolver — e foi para o cômodo ao lado, onde ficava sua escrivaninha.

— Gostou dos sapos? — perguntou a sra. Van Amersfoort.

Thomas ficou surpreso. Estava sentado na cadeira de pernas entalhadas. Um gato preto esfregava-se em suas pernas.

— Bastante — ele disse. — Mas a mamãe não quer mais saber disso.

— Posso imaginar — disse a sra. Van Amersfoort. — Foi brincadeira. Acho que, de fato, não é uma praga muito prática.

Thomas tomou um gole de refrigerante para se recuperar do choque. A sra. Van Amersfoort era uma bruxa poderosa. Muito mais poderosa do que ele tinha imaginado.

— Ouça isso — ela disse. — Que engraçado! — Em seu colo havia um pequeno livro. — Você tem um aquário, não é mesmo?

Thomas fez que sim. A sra. Van Amersfoort sabia tudo.

— Ouça — ela colocou os óculos e leu em voz alta.

Seu José
lavava o pé
sábado no aquário
e enquanto lavava
e esfregava
ele cantava: aio — aio — aio!

Ao terminar, ela lançou um olhar indagador para Thomas. — E então, o que acha?

— Engraçado — disse Thomas, sério.

— Annie M. G. Schmidt é uma escritora maravilhosa — disse a sra. Van Amersfoort. — Ela escreve para o jornal.

— Ah — disse Thomas. — Mas o que quer dizer esse poema?

— Nada, na verdade — disse a sra. Van Amersfoort. — Só é engraçado.

— Ah — disse Thomas, intrigado. Só era engraçado.

— Música, geralmente, também não quer dizer muita coisa — disse a sra. Van Amersfoort. — Só é bonita.

— É mesmo — ele disse. — Só é bonita. Agora estou entendendo.

— A floresta e o mar também não querem dizer nada, não é mesmo? — disse a sra. Van Amersfoort. — A floresta é a floresta e o mar é o mar. Podemos apreciá-los.

— É mesmo — disse Thomas. "Apreciar." Pensou na praia e no mar, e nos castelos de areia contra a maré. Em apanhar camarões na rede. — Às vezes passamos o dia em Zandvoort — ele disse.

— E você gosta?

— Ah, muito — Thomas suspirou.

— E o que quer dizer Zandvoort?

Thomas riu. Ele tinha entendido. — Nada — ele disse. — É bom, só isso.

O gato pulou no colo do menino. Era quente e macio. O menino sentia o ronronar contra seu corpo. Era simplesmente bom estar na casa da sra. Van Amersfoort, ainda que seu marido tivesse sido morto a tiros.

— Você me faz um favor? — ela perguntou.

— Claro — disse Thomas.

– Pode ler isto para mim? – a sra. Van Amersfoort pôs o livro de Annie M. G. Schmidt no colo do menino, por cima do gato. – Leia desde o início.

Thomas sentiu-se corar. Na escola, ele sempre era obrigado a ler em voz alta, mas nunca tinha feito isso na casa de ninguém. Era uma sensação estranha. Abriu o livro e começou a ler.

No início, gaguejou em algumas palavras, mas logo foi ficando mais à vontade. Às vezes a sra. Van Amersfoort dava risada. O menino não sabia por quê. Estava muito voltado para a leitura.

Era assombroso. Aquelas poesias não eram para crianças? Então por que faziam um adulto rir? De vez em quando ele levantava os olhos para ver o rosto da sra. Van Amersfoort. Quando ela ria, apareciam rugas engraçadas que iam de sua boca até suas orelhas. Balançava a cabeça como se estivesse dizendo "Sim, sim, sim!". Sem que ele percebesse como, na cabeça dela apareceram duas trancinhas, com lacinho e tudo.

De início Thomas não entendeu o que estava vendo, mas logo se deu conta. Percebeu que a sra. Van Amersfoort não era uma velha senhora, mas uma velha menininha. Parecia que a qualquer momento ela poderia saltar da cadeira e sair pulando corda.

Thomas continuava lendo. A sra. Van Amersfoort era bruxa, mas agora era ela que estava enfeitiçada. Era uma sensação boa. A vontade de Thomas era não parar mais de ler em voz alta.

— Foi adorável — disse a sra. Van Amersfoort, depois que Thomas leu cinco poemas. — Mas agora preciso de uma pausa. Sabe, meu marido lia em voz alta para mim. Sempre nos divertíamos muito.

As tranças haviam desaparecido, e os lacinhos também. Seu coque grisalho estava de volta.

— Acho que vou formar um clube de leitura em voz alta — disse Thomas.

— Ótima ideia — disse a sra. Van Amersfoort.

— Com música nos intervalos — disse Thomas. — Será preciso fazer uma programação, para que as pessoas saibam o que esperar. Por exemplo:

ITEM 1: Salmo 22, recitado por Thomas Klopper, porque esse eu já sei de cor.

ITEM 2: Música da vitrola portátil da sra. Van Amersfoort.

ITEM 3: *Emil e os detetives*, capítulo 1, lido por Thomas Klopper.

ITEM 4: Música da vitrola portátil da sra. Van Amersfoort.

ITEM 5…

— Muito bem, excelente — disse a sra. Van Amersfoort. — Como é que você sabe esse salmo de cor?

— Toda segunda-feira, na escola, temos que dizer um salmo que decoramos em casa — disse Thomas.

— O que acha de recitá-lo para mim? — disse a sra. Van Amersfoort.

— Certo — disse Thomas.

Empurrou o gato do colo, delicadamente, levantou-se e disse:

(ATENÇÃO: Você pode pular o poema que Thomas está prestes a ler. É totalmente ilegível!)

Meu Deus, meu Deus, por que me abandonaste?
E por que desistes de mim se estou gemendo e chorando de aflição?
E lutando contra os ventos amargos que o diabo continua soprando?
Se rezo ao amanhecer e te rogo no fim do dia,
Minhas súplicas continuam não sendo ouvidas, teu silêncio é minha
   provação:
Sofro, e meus tormentos não têm repouso.

— Deus do céu! — exclamou a sra. Van Amersfoort quando Thomas acabou. — Muito bonito. E tão estimulante para crianças, não é mesmo?

Thomas se sentou. — Bem... sim — ele disse. — Mas é muito difícil de decorar, sabe?

— Eu nunca seria capaz — disse a sra. Van Amersfoort.

— Bom, então agora você tem um clube de leitura em voz alta e uma programação. Onde serão as reuniões?

— Como assim, onde? — disse o menino, surpreso.

— Ora — disse a sra. Van Amersfoort —, um clube precisa de um local de encontro. Onde será?

De repente Thomas sentiu-se embaraçado. Ele sabia onde poderia ser, mas não ousava dizer.

— Já sei o que faremos — disse a sra. Van Amersfoort. — As reuniões serão aqui, mas vamos ter que mudar um pouco a programação. Você lê poemas de Annie M. G. Schmidt e eu cuido do público.

— Ótimo — disse Thomas.

— Leve o livro para casa — disse a sra. Van Amersfoort. — Assim você pode treinar.

Thomas foi para casa e treinou até cansar os olhos.

8

ERA UM DIA DE VENTANIA e chovia muito. Um dia que abalaria o mundo. A partir de então, os bondes guinchariam ao dobrar a esquina. Os homens caminhavam de cara fechada pelas ruas, detestando uns aos outros.

"Parecia um dia comum", Thomas escreveu no *Livro de todas as coisas.* "Mas é que eu não tinha prestado atenção. Eu devia ter imaginado, pois acordei com um zumbido nos ouvidos. Minha janela chacoalhava e eu não conseguia pensar. E não consegui encontrar minhas meias."

Mas naquele dia também tinham acontecido coisas boas. Quando Thomas voltava da escola, viu Elisa saindo da casa da sra. Van Amersfoort. Ficou surpreso, porque nunca a tinha visto lá.

Ela veio ao seu encontro, cric, cric, cric, e abriu os braços. — Venha cá, meu amigo favorito — ela disse, abraçando e apertando o menino contra o peito.

Foi bom, ele sentiu como se tivesse deitado a cabeça num travesseiro vivo. Ergueu os olhos e a encarou. Elisa estava de batom. Quando ela sorriu, Thomas achou que fosse perder os sentidos ali mesmo. "E eu não teria me importado nem um pouco", ele escreveu no *Livro de todas as coisas*. "Ainda bem que ela ficou um tempão abraçada a mim, e eu percebi como as meninas são agradáveis. Nunca me esquecerei disso, pois eu nunca esqueço de nada. Eu anoto tudo, e isto também: Talvez Elisa não consiga arranjar namorado porque tem uma perna de couro e uma mão defeituosa. Talvez esteja esperando que eu cresça um pouco. Que sorte a minha!"

— A sra. Van Amersfoort me contou que você lê muito bem em voz alta — disse Elisa. — Gostaria muito de ver.

Então ela soltou Thomas, deixando um terrível vazio.

— Vou esperá-la para sempre — Thomas sussurrou. Mas, assim que ela dobrou a esquina, ele deixou de esperar. Seus ouvidos zumbiam. Tocou a campainha e sua mãe abriu a porta.

— Olá, mamãe — ele disse.

— Olá, meu príncipe encantado — disse a mãe. O nariz dela tinha sarado. Estava sem curativo. Ele não era um príncipe encantado. Na verdade, era antes um pensador. Mas a intenção da mãe era boa.

— A sra. Van Amersfoort me contou que você começou um clube de leitura em voz alta — ela disse. — Deve ser divertido.

Pelo visto o mundo todo já sabia.

— É — disse Thomas. — Mas preciso treinar.

Ele subiu correndo para o quarto.

— Quer tomar alguma coisa? — a mãe perguntou.

— Não, acho melhor não — Thomas respondeu, fechando a porta.

Mas, em vez de treinar, ele sentou em frente à janela para pensar. A janela balançava com o vento, atrapalhando seus pensamentos. "Sou um covarde, estou com medo", ele pensou.

Então parou de pensar por algum tempo. Ficou ouvindo o barulho da janela.

"Não gosto de covardes", pensou em seguida. "Mas é isso que eu sou."

Todos os dias, ele prendia a carta da sra. Van Amersfoort por dentro da camiseta limpa. Então virou a camiseta do avesso e desprendeu a carta. Desdobrou-a, leu-a e suspirou fundo. O mundo prendeu a respiração. Thomas faria aquilo? Teria coragem? O mundo não sabia, apenas esperava, em suspense.

"Que essas chagas dolorosas saiam de mim", ele pensou. Thomas não sabia o significado daquelas palavras, mas sabia que Jesus as dissera ao saber que ia morrer. Eram palavras lindas, que enchiam seus olhos de lágrimas.

"Não tenha medo", ele pensou.

Levantou-se com a carta na mão e desceu a escada lentamente.

Quando terminaram de comer, o pai abriu a Bíblia. Thomas sentia a garganta tampada.

— O que é isso? — o pai perguntou

Havia uma folha de papel dentro da Bíblia, na página que falava das pragas do Egito. O pai leu. Depois olhou o verso da folha, que estava em branco.

— Então é isso — ele disse, pálido.

Ninguém disse nada, mas Margot cantarolou de lábios fechados uma canção de sucesso.

— Bem — disse o pai —, vou ler o bilhete para vocês.

Limpou a garganta. Parecia calmo, mas seus dedos tremiam.

— "Um homem que bate na mulher desonra a si mesmo" — ele leu. Colocou o papel ao lado da Bíblia e o alisou com a mão. — Concordo plenamente com isso — ele continuou. — Mas está faltando uma coisa. Deveria estar escrito "Um homem que bate na mulher *sem ter um bom motivo* desonra a si mesmo."

— Tururum, tururum, tururum, tururum-rum-rum — Margot cantarolou.

— Quer parar de cantar? — o pai interrompeu.

— Claro, papai. Desculpe — disse a filha.

— Tudo bem — disse o homem. — O bilhete não tem tanta importância. O que importa é saber por que estava dentro da Bíblia e quem o colocou aqui. Parece que alguém está tentando nos colocar uns contra os outros. Alguém que quer afastar nossa família de Deus e de Suas leis. Bem dentro do espírito destes nossos tempos, é claro.

Primeiro o pai olhou para a mãe, em seguida para Margot e, por último, para Thomas.

— A pergunta é: quem colocou este bilhete dentro da Bíblia? — Ele segurava o papel entre o polegar e o indicador e o sacudia.

O silêncio era tanto que toda a vida na Terra parecia ter-se extinguido. Até os mortos do cemitério despertaram, aguçaram os ouvidos, mas não escutaram nada.

— Ninguém? — perguntou o pai, tamborilando na mesa com os dedos. — Alguém aqui está mentindo. Não sei quem, mas Deus vê tudo. Vamos pedir ajuda a Ele.

Uniu as mãos, colocou-as sobre a Bíblia e fechou os olhos.

— Deus Todo-Poderoso — ele disse. — Veja em que situação difícil nos encontramos. Ajude esta família a ser forte neste tempo de grande tentação…

Thomas fechou os olhos. O céu ficou azul-claro e nos seus ouvidos a areia soprava com o vento. — Jesus! — ele chamou.

— Estou aqui — disse Jesus.

— Onde? — disse o menino. — Não o vejo.

— É claro que não — Jesus disse. — Seus olhos estão fechados.

Thomas abriu os olhos. Jesus estava na sala, em frente à lareira, com as lagartixas de cobre. Ele olhou para o homem que estava orando.

— Então é ele? — perguntou Jesus.

— É — respondeu Thomas.

— Acho que ele é bem intencionado — disse Jesus. — Mas tem medo. Ele é um covarde, se quer saber a verdade.

— Não sei — disse o menino.

— Ele se esconde como uma criança assustada atrás das largas costas de Deus — disse Jesus.

Mas Thomas pensou: "Como é possível se esconder atrás das costas de alguém que não está presente?"

— Tenho que lhe contar uma coisa — disse o menino.

— Então conte — disse Jesus.

— Deus, o Pai, não está ausente só daqui — disse ele. — Ele morreu. Estou sendo honesto com você.

Jesus estava atônito e, por um momento, ficou sem palavras. Por fim, ele disse:

— Você acha isso, mesmo?

Thomas confirmou, meneando a cabeça. Achou que aquilo seria triste para o Senhor Jesus, mas a verdade precisava ser dita.

— Mas como isso aconteceu? — Jesus exclamou.

— Ele foi expulso de mim — disse Thomas. — E então morreu, porque não suportou viver sem mim.

Jesus pensou um pouco. Depois balançou a cabeça e sorriu com tristeza. Estava claro. Sem Thomas, nada poderia existir.

— Oramos por isso em nome do Senhor Jesus Cristo, amém — o pai disse.

Jesus acenou para Thomas e desapareceu. O menino acenou de volta.

— O que você está fazendo? — perguntou o pai.

— Estava acenando — respondeu o filho.

— Para quê?

— Eu vi Jesus — disse Thomas.

Margot deu uma risadinha e a mãe pôs a mão no ombro de Thomas, receosa.

O pai se enfureceu. Bateu na Bíblia com a palma da mão, fazendo a poeira de três mil anos subir num remoinho. — Não vou tolerar isso — ele gritou, com o rosto vermelho. — Na minha casa ninguém vai zombar do nosso Senhor e Redentor. Estamos entendidos?

Thomas baixou a cabeça. Ele não estava zombando, de jeito nenhum.

— Estamos entendidos? — repetiu o pai.

— Sim, papai — disse Thomas.

— E agora eu quero saber quem colocou o bilhete dentro da Bíblia.

— Fui eu — disse Margot.

Todos olharam para ela, mas ela não olhou para ninguém. — Tururum, tururum, tururum — ela sussurrou.

O pai balançou a cabeça. — Não acredito — ele disse.

Margot levantou os ombros.

— Quem escreveu isto? — o homem perguntou. — Não estou reconhecendo a letra.

— Achei na rua. — disse a filha. — Tururum, tururum, tururum-rum-rum-rum.

— É mentira — disse o pai. — Todos nós sabemos quem fez isto. — Ele olhou um a um.

O coração de Thomas parou por um segundo, quando sentiu o olhar do pai sobre ele. Foi apenas um momento, então o pai olhou para a mãe.

— Não é mesmo? — ele disse.

— É — disse a mãe. — Fui eu.

Thomas olhou para ela, revoltado, e sentiu a raiva crescer dentro dele. Estava tão furioso que seu medo se desfez em mil pedaços. — Não é verdade! — ele gritou. — Fui eu! Eu!

O pai olhou severamente para o menino.

— Você é um mentiroso, Thomas — ele disse.

— Mas… — gritou o filho.

— Silêncio! — o pai trovejou.

— Fui eu! Fui eu! — Thomas chorava, enfurecido. — Há furos de alfinete no papel. Furos de alfinete! E sabe por quê? Porque eu os fiz com um alfinete de segurança. Este aqui — procurou-o no bolso da calça e o jogou em cima da mesa.

O pai, a mãe e Margot olharam fixamente para o alfinete, como se suas vidas dependessem dele. Ele brilhava sob a luz. "Eu até ouvia o alfinete de segurança", Thomas escreveu no *Livro de todas as coisas.* "Era um som agudo, como alguém gritando ao longe."

O pai alisou a carta com as mãos e a levantou. O papel reluziu sob a lâmpada.

— É verdade — o pai murmurou. — Há furos de alfinete no papel. Você não estava mentindo, Thomas. Eu o acusei injustamente. Perdoe-me. Mas o mais importante é que você foi usado. Alguém está tentando colocar você contra seu pai. Quem é, Thomas? Quem escreveu esta carta?

— É segredo — disse o menino.

— Foi a tia Pie?

— É segredo — Thomas disse.

— Thomas — disse o pai.

— O que foi?

— Diga quem escreveu isto.

— Não, pai.

— Vá buscar a colher de pau, suba e espere por mim.

Um vento quente soprou, devastando a Terra. As árvores secaram e os animais se refugiaram. Tudo estava triste e vazio. Ninguém podia continuar vivendo na Terra.

"Exceto talvez os mosquitos", pensou Thomas. "E a peste bubônica."

— Não — disse a mãe, calmamente. — Thomas fica onde está e você continua lendo a Bíblia.

O pai olhou com raiva para a mãe.

— Vou pegar a colher, mamãe — disse o menino.

Ela segurou a mão de Thomas.

— Não — ela disse. — Meu valente herói vai ficar sentado aqui perto de mim.

— Tururum, tururum — cantou Margot. — Como estou feliz.

Thomas se apavorou com a frieza dos olhos dela.

— Mulher! — disse o pai. — Não me contradiga!

— Mamãe — disse o menino —, está tudo bem, deixe-me ir.

— Não. Você não merece castigo nenhum — a mãe disse, segurando com firmeza a mão do filho.

— Tururum, tururum, ele não tem culpa de nada — Margot cantarolou.

O pai se levantou. Sua cabeça foi subindo como um balão, cada vez mais para o alto. O teto baixou e a sala foi ficando cada vez menor.

– Mulher! – ele trovejou. – Solte esse menino.

A mãe também se levantou, puxando Thomas para perto de si.

– Não – ela disse. Sua cadeira vacilou e caiu.

O pai caminhou ao redor da mesa, agarrou Thomas pelo outro braço e puxou-o violentamente.

– Não! – gritou a mãe.

O homem levantou os braços para ela, ameaçando-a.

Até então ninguém tinha dado atenção a Margot. De repente, ela surgiu como se tivesse caído do céu. Em sua mão direita, reluzia a faca de trinchar. Seus olhos estavam em chamas. Ela pulou na frente do pai e apontou a faca para a garganta dele. O pai soltou Thomas e olhou para a faca.

"Ela parecia um anjo", Thomas escreveu no *Livro de todas as coisas*. "O anjo mais perigoso do Paraíso. Um daqueles com espada flamejante."

– Não toque nele – Margot disse, rispidamente. – Não aguento mais. Estou farta disso – e ela deslizou a faca por sua própria garganta.

– Não, Margot – sussurrou a mãe. – Largue essa faca.

Mas Margot não ouvia. – Que inferno! – a menina disse.

A blasfêmia foi pior do que a faca. Ela penetrou a alma.

– A mamãe e o Thomas não têm razão para temer a Deus – ela sibilou. – Porque são bons. Você não é bom – ela golpeou o ar com a faca. – Não pense que não tenho coragem – ela rosnou. – Eu sou como você. Também não sou boazinha.

O pai perdeu as forças e caiu de joelhos no chão, como um elefante moribundo. – Esta família está condenada – ele gemeu. – O espírito da época envenenou vocês. Vamos orar.

Ele começou a orar em voz alta.

– Não estou nem aí para o que você acha – Margot gritou. – O que eu sei é que ninguém mais vai apanhar.

O homem de repente parou a oração e olhou furiosamente para a menina.

– Você sabe que isso é errado – Margot disse, friamente. – Mesmo assim você faz – ela respirou fundo. – Contanto que os vizinhos não percebam. Contanto que a família não perceba. Contanto que ninguém do escritório descubra! Não é mesmo?

O homem se levantou e, furioso e pisando duro, foi até a porta. Parou e se virou, olhando para a sala com os olhos vermelhos. – Não posso ficar debaixo do mesmo teto que vocês – ele trovejou. – VOU DORMIR NUM HOTEL.

Abriu a porta com força e desapareceu no corredor. Então desceu a escada estrondosamente. A porta da frente bateu como uma trovoada.

– Tururum, tururum-rum-rum – Margot cantarolou. Colocou a faca sobre a mesa e se sentou. Em seguida, apoiou os cotovelos na mesa e cobriu o rosto com as mãos. A mãe e Thomas ficaram onde estavam.

Dois pardais no peitoril da janela tocaram seus agudos trompetes.

– Filha, o que você fez? – a mãe sussurrou.

Margot tirou as mãos do rosto, que estava branco como um papel. Seus olhos não demonstravam nada. – Dei um basta nisso – ela disse, e caiu em prantos.

A mãe se sentou, balançando a cabeça, desconsolada. – Você ameaçou seu pai com uma faca – ela disse. – O que será de nós?

Margot fulminou-a com os olhos. – Você preferia apanhar? – ela soluçou. Levantou-se de um salto. – Ah, sim. Já ia esquecendo.

Margot correu até a cozinha e voltou trazendo a colher de pau. Colocou uma de suas extremidades na soleira da porta da sala e, com os pés, partiu a colher em dois pedaços.

— Chega. Vamos jogar isto fora — ela disse. Pegou os dois pedaços e abriu a janela. Os pardais voaram, cantando.

— Pela janela não — disse a mãe.

Mas os dois pedaços da colher de pau já estavam voando pelos ares.

Thomas foi ao encontro de Margot. Ela o pegou nos braços e lhe deu um abraço apertado.

O pai ficou fora por uma hora, depois voltou para casa. Subiu a escada discreto como um gato e entrou na sala ao lado. Disse que tinha trabalho para fazer.

9

Os planos tinham mudado. Thomas não sabia por quê. O primeiro encontro do clube de leitura não seria na casa da sra. Van Amersfoort.

— Vai ser na sua casa — ela disse.

Thomas ficou chocado. — Mas por quê? — perguntou, ansioso.

— Achamos que seria bom — disse a sra. Van Amersfoort. — Eu, sua mãe e a tia Pie.

Mamãe? Tia Pie? O que estava acontecendo?

De repente, Thomas já não estava achando aquilo divertido. Sua casa não era um lugar aonde pudesse levar os amigos. E não era uma casa própria para um clube de leitura em voz alta, de jeito nenhum.

— E não será à tarde — disse a sra. Van Amersfoort. — Começaremos às sete da noite.

Thomas perdeu a vontade de tomar o refrigerante e colocou o copo em cima da mesa, entre os livros. "Senti um peso no estômago", escreveu no *Livro de todas as coisas*. "Parecia que eu tinha engolido um rinoceronte."

— E... quando? — o menino perguntou, com a voz rangendo como uma roda de bicicleta.

— Vai ficar surpreso — disse a sra. Van Amersfoort. Olhou para o menino com um ar de mistério, por cima da xícara de café fumegante. — Quer que eu conte?

Thomas fez que sim.

— Hoje à noite — disse a sra. Van Amersfoort.

Thomas lançou-lhe um olhar vago. "O papai não vai permitir", ele pensou, mas não disse nada.

— Não se preocupe, Thomas — disse a sra. Van Amersfoort. — Não precisa ter medo. Você queria as pragas do Egito, não é mesmo? Nós, mulheres e crianças, somos a praga mais poderosa; mais do que sapos, mosquitos e a peste bubônica. Nenhum Faraó pode resistir a nós.

— Ah, entendo — disse ele. O medo rastejava pela garganta dele, como um sapo.

— Feche os olhos — disse a sra. Van Amersfoort.

Por um instante o menino não entendeu. — Fechar os olhos? Ah, sim, fechar os olhos — e ele obedeceu

— Respire devagar e coloque as mãos no colo.

Seus ouvidos começaram a zumbir, e logo depois começou a soar a música cheia de violinos que Thomas já ouvira antes.

— O que está vendo?

— Nada — disse Thomas. — Ou... espere um momento. Ah, sim, lá está. Estou vendo um deserto.

— E o que está vendo nesse deserto?

— Areia — ele respondeu.

— Alguma coisa mais?

— Sim — disse o menino. — Mas não vou contar, pois a senhora vai pensar que é zombaria.

— Não vou pensar, não — disse a sra. Van Amersfoort. — Vamos lá, conte.

— Estou vendo Jesus — Thomas disse. — Acha isso horrível?

— Nem um pouco — respondeu ela. — Já vi coisas piores.

— Tem alguma coisa estranha nele — Thomas murmurou. — Espere, já sei o que é. Ele está sem barba! Mas tem outra coisa… Deixe-me olhar melhor — e Thomas franziu as sobrancelhas. — Oh, não. Não é possível! — Ele balançou a cabeça, atordoado. Não ousou dizer que Jesus se parecia muito com sua mãe, quando ela usava os cabelos soltos. Ninguém entenderia.

Houve um silêncio, agudo como um alfinete.

— Oh! — exclamou a sra. Van Amersfoort.

— Ele sempre conversa comigo — Thomas contou.

— Nossa! — disse ela. — E você gosta disso? Senão podemos nos livrar dele.

— Eu não me importo — disse o menino. — Ele é sozinho, sabe? Acho que não tem mais ninguém para conversar.

— Ah, isso é muito triste, mesmo — ela disse. — O que ele está dizendo agora?

— Está dizendo que virá hoje à noite — disse Thomas.

— Quanto mais, melhor — disse a sra. Van Amersfoort. — Pode abrir os olhos agora, Thomas.

Thomas olhou para ela. O rinoceronte tinha desaparecido de seu estômago e o sapo, de sua garganta.

— Você ainda está com medo? — perguntou a sra. Van Amersfoort.

— Não — ele respondeu.

Ouviu um ruído sobre sua cabeça. Eram os aplausos dos anjos.

Depois do jantar, o pai leu uma passagem da Bíblia. As últimas frases eram: — *Moisés disse: esta noite Deus irá ao centro do Egito. Todos os primogênitos egípcios morrerão. O filho mais velho do Faraó, o príncipe, o filho mais velho do criado e também os primogênitos de todos os animais. Haverá muitas lágrimas em todo o Egito, como nunca houve e nunca mais haverá.*

— Por que todos esses filhos tiveram que morrer? — Thomas perguntou. — Por que não o próprio Faraó? — O pai abriu a boca para responder, mas a mãe pulou da cadeira.

— Rápido, vamos arrumar as coisas e lavar a louça — ela disse.

Thomas e Margot empilharam os pratos e juntaram as facas e colheres. A mãe correu para a cozinha para ligar o lava-louças.

— O que está acontecendo? — perguntou o pai.

— Algumas pessoas estão para chegar — disse Thomas.

O pai fechou a Bíblia, indiferente. — Pessoas? Que pessoas?

Mas Margot e Thomas já estavam no corredor. O pai se levantou e foi atrás deles até a cozinha.

— Rápido, rápido, rápido — a mãe gritava. — Ainda preciso me trocar!

Bolhas de sabão estouravam alegremente à sua volta.

— Que pessoas? — o pai perguntou.

— A tia Pie — respondeu o filho.

— Talvez você possa empurrar a mesa para o canto e arrumar as cadeiras em círculo — disse a mãe.

— Só para Pie? — perguntou o homem, ansioso.

— É claro que não — disse ela. — Vem muito mais gente.

— Mas quem? — disse o pai, subindo o tom de voz. — Não é aniversário de ninguém, é?

— Amigos meus — respondeu a mulher. — Rápido, rápido, rápido. Você não quer se trocar também?

— Por que não fiquei sabendo disso antes? — o pai exclamou. — Por que ninguém me conta nada?

— Perdão, papai, esqueci — disse Margot, enxugando a faca.

O pai a observava, enquanto ela a guardava na gaveta.

— Sim, perdão — disse a mãe. — Esqueci completamente.

— Perdão, papai — disse Thomas. — Eu ia lhe contar, mas precisei ir ao banheiro e...

— Quantas cadeiras devo colocar? — o homem perguntou.

— Cerca de uma dúzia, eu acho — respondeu a mãe.

— DOZE? — o pai olhou para ela, espantado. — Onde você arrumou DOZE amigos de uma hora para a outra?

— Margot, Thomas, eu e você também precisaremos de assentos — disse a mãe.

— OITO? OITO AMIGOS?

Mas a mãe não respondeu. Entregou a esponja de lavar louça para Margot. — Você pode terminar? — ela perguntou. — Eu realmente preciso ir me trocar.

Ela abriu caminho até o corredor e subiu a escada correndo. — A mesa em algum canto e as cadeiras em círculo — gritou mais uma vez.

— Oito amigos — o pai disse baixinho.

— A mamãe só está dando um palpite — disse Margot. — Talvez venham mais pessoas. Alguns amigos meus também virão.

— O QUÊ? — o pai gritou.

Com muito estardalhaço, Margot empilhou os pratos na prateleira. Thomas fez uma serenata com as panelas. Podia-se ouvir a mãe cantando no quarto: — Todos os botões estão se abrindo, todas as flores vão desabrochar.

— E quanto a MIM? — o pai gritou da escada. — Aonde devo ir esta noite?

Ninguém respondeu. Frustrado, ele foi para a sala e começou a arrastar a mesa. Levou-a para um canto da sala e dispôs as cadeiras como se fosse um aniversário. — Pelo que sei ninguém está fazendo aniversário — ele reclamou.

— Quem vai preparar o café? — a mãe gritou lá de cima.

— Eu, mamãe — Margot respondeu.

Em seguida a campainha tocou. Thomas puxou a corda no patamar da escada e a porta se abriu. Era a tia Pie. — Olá-ááá! — ela cantou. — Estamos aqui! — Mais duas senhoras subiram a escada atrás dela.

— Deixe a porta aberta, tia Pie — gritou Margot. — Outras pessoas estão vindo.

A porta ficou aberta.

— Olá, meu garoto — ela chegou ofegante ao patamar da escada. Trazia uma caixa branca, que levou direto para a cozinha. Depois voltou-se para Thomas e o abraçou. — Esta é a tia Magda — apontou para um enorme vestido florido atrás dela.

— Ah — disse o menino.

— E esta é a tia Bea.

A tia Magda e a tia Bea apertaram sua mão. Eram tias novas em folha, que ele nunca tinha visto. A tia Bea tinha um dente de ouro que brilhava alegremente quando ela ria. E ela ria muito.

Foram para a sala.

— Olá, homem de Deus — tia Pie gritou para o pai.

Foi até ele e lhe deu um beijo, deixando marcas vermelhas de batom em sua bochecha. — Acho que você já conhece Magda e Bea, não é mesmo?

— Ainda não tive o prazer — disse o pai. Debaixo do enorme vestido florido, coisas de todo tipo balançavam de um lado para o outro enquanto se apertavam as mãos. O pai não pôde deixar de notar.

— Teve, sim — disse a tia Pie. — Elas vão a todos os meus aniversários. O que você acha da minha calça?

Pie estava de calça azul-celeste, com zíper na lateral.

O pai não expressou opinião.

— A Pie pode usá-la — disse a tia Magda. — Meu traseiro é grande demais para isso.

O pai não queria olhar para nenhum traseiro, por isso olhou para o teto. Estava mesmo precisando de uma pintura. O teto.

Ouviu-se mais barulho na escada: Tum-cric, tum-cric. Era música para os ouvidos de Thomas. O menino correu até o patamar da escada. Poderia ser alguém com um pé de sapato velho e outro novo. Mas era bem melhor: era uma pessoa com uma perna postiça, de couro. Thomas se encostou na parede do banheiro.

Era Elisa. Sem notar a presença dele no vão escuro, a menina entrou na sala. — Olá, Elisa — ele ouviu Margot exclamar, em meio à agitação.

— Onde está o Thomas? — Elisa perguntou. — Quero me sentar ao lado dele. Thomas é meu amigo.

Em toda a Holanda e no resto do mundo, até as longínquas regiões tropicais, todos os brotos se abriram, todas as flores desabrocharam.

— Oh, Jesus — sussurrou Thomas. — Estou tão feliz.

Mas naquele momento ele não teve coragem de entrar na sala.

Tum-cric, tum-cric. — Ah, aí está você, Thomas! — disse Elisa. — Está se escondendo de mim?

— É claro que não — disse ele.

— Venha cá — ela disse, estendendo a mão. Era a mão boa, que tinha todos os dedos. Os dois entraram na sala de mãos dadas.

Felizmente o pai não os viu, pois estava escondido atrás do traseiro enorme da tia Magda.

— Vamos ver — disse Elisa. — Seria bom nos sentarmos num lugar em que ninguém tropece na minha perna — e ela percorreu com os olhos o círculo de cadeiras. — Ali, ao lado da janela.

Sentaram-se. A perna de couro ficou esticada, mas não tinha importância, pois não estava na passagem.

— Aqui está bem — ela disse. — Como estou?

— Muito bonita — respondeu Thomas. Ela estava de vestido azul-celeste e com um colar branco. — Aliás, seu pai toca violino? — o menino perguntou.

Elisa pareceu surpresa. — Toca — ela disse. — Como você sabe?

Thomas deu de ombros. — Simplesmente sei. E sua mãe canta lindamente.

Elisa ficou perplexa. Soltou a mão de Thomas e colocou o braço em volta dos ombros do menino. — Você é muito especial, sabe?

— Sei, mais ou menos — respondeu Thomas, timidamente.

"Finalmente percebi que Elisa sabia", ele escreveu no *Livro de todas as coisas.* "Ela sabia e eu também: há alguma coisa diferente em mim."

Margot e tia Pie estavam trazendo o café e os bolinhos da caixa branca. Ouviu-se mais barulho na escada.

— Vá ver quem é — disse Elisa. — Eu guardo seu lugar.

Thomas foi até o patamar. Era a sra. Van Amersfoort, com a vitrola portátil. Quatro senhoras subiam a escada atrás dela. A primeira delas trazia uma caixa com os discos de vinil.

— Este é Thomas — disse a sra. Van Amersfoort, quando todas já estavam no patamar. — Ele não tem medo de bruxas.

— Que ótimo — riu a senhora que carregava os discos.

— Então não preciso ter cuidado — disse a segunda, que trazia um buquê de flores.

— Enfim um homem de verdade — suspirou a outra, com uma garrafa de refrigerante vermelho em cada mão.

— Prefiro quando eles têm um pouco de medo — disse a última —, pois faz com que se mantenham à distância — riu alto. Era uma visão assustadora, pois dava para ver os dentes superiores dela, mesmo quando estava de boca fechada. E era pior ainda quando a abria.

— Para você, isso não deve ser problema — disse asperamente a sra. Van Amersfoort. — Você leva a vitrola para mim, Thomas?

Entraram na sala em fila indiana. O barulho das conversas e risadas era ensurdecedor. Tia Bea, tia Magda, tia Pie, a sra. Van Amersfoort, Margot, Elisa e as quatro senhoras falavam todas ao mesmo tempo e ninguém entendia uma só palavra. Mas todos estavam se divertindo muito.

— Ah! — disse de repente a sra. Van Amersfoort. — Quase nos esquecemos de você!

O pai estava encurralado entre o aparador e o traseiro da tia Magda. A sra. Van Amersfoort tentava cumprimentá-lo.

— Você consegue? — perguntou tia Magda, inclinando-se para a frente e empinando o traseiro.

A sra. Van Amersfoort conseguiu apertar a mão do pai por cima do ombro da tia Magda. — Está quente aqui, não está? Podemos abrir a janela? — ela gritou.

— Boa ideia — Elisa respondeu. Apoiando-se na perna de couro, ela se ergueu agilmente e abriu a janela. Uma brisa fresca entrou pela casa.

Em seguida, a mãe apareceu no vão da porta. Seu vestido balançava como uma bandeira, pois a janela e a porta da frente estavam escancaradas. — Olá todo mundo — ela disse.

Todos olharam para ela e pouco a pouco o falatório parou. Seu vestido era amarelo-pálido, quase branco, com a blusa justa e a saia rodada. Ela estava de batom, e os cabelos soltos lhe caíam até os ombros.

Thomas nunca tinha visto a mãe tão bonita. Olhou para o pai, para ver se ele tinha notado. O pai notou e ficou vermelho como as flores do vestido da tia Magda.

— Todos tomaram café? — perguntou a mãe.

E o falatório recomeçou. Thomas não conseguia imaginar que pudesse haver silêncio no clube de leitura em voz alta.

10

Todos tinham acabado de comer o bolo. As xícaras e os copos estavam vazios. Tia Bea deu um cigarro para o pai de Thomas e acendeu outro para ela. Então chegou o grande momento.

A programação começou.

Item um: Thomas Klopper recita um poema de Annie M. G. Schmidt.

Thomas se levantou. Começou com o seu José que lavava o pé. Sabia o poema inteiro de cor.

Quando terminou, os aplausos foram efusivos.

A senhora dentuça perguntou: – O que você quer ser quando crescer, Thomas?

E o menino disse: – Feliz. Eu quero ser feliz.

Todos acharam uma ótima ideia.

Mas de repente o pai disse: – Responda direito, Thomas. O que você quer ser quando crescer?

"Eu queria ser feliz e nada mais", o menino escreveu no *Livro de todas as coisas.* "Esquadrinhei minha cabeça, mas não encontrei nenhuma resposta melhor."

— Só os inúteis e fracos são felizes — disse o pai. — A vida é uma batalha.

Todas as tias e todas as amigas da sra. Van Amersfoort o encararam como se ele tivesse soltado um pum. Nervosa, a mãe retorcia uma mecha de seu cabelo.

Thomas sentou e olhou para os sapatos. Elisa colocou sua mão boa sobre a dele.

— Você enfrentou muitas batalhas na vida? — a senhora dentuça perguntou ao pai. — Esteve na Resistência? É um homem valente? Protege sua esposa e seus filhos das maldades do mundo? Defende os fracos? Trata bem os animais?

Confuso, o pai olhou para os dentes dela. — Bem... — ele começou.

— Item dois do programa — gritou a sra. Van Amersfoort. — Música da vitrola portátil.

Ela girou a manivela. — Um dos discos de Elisa — ela anunciou.

A música invadiu a sala de um jeito que Thomas nunca tinha ouvido. Vários instrumentos tocavam juntos e tambores rufavam. De início o menino não conseguia distingui-los, mas então um trompete se destacou de todos os outros. O trompete cantava e ria como um anjo saltitante. Era difícil manter as pernas paradas, pois elas se moviam sem querer.

— Louis Armstrong — gritou tia Bea, mostrando seu dente de ouro.

— Oo-oh! — gritou tia Magda, levantando as mãos e balançando o quadril. As flores do seu vestido sacudiam de um lado para o outro, como barquinhos se movendo na água agitada.

A sra. Van Amersfoort se levantou e entregou a capa do disco para Thomas. Nela havia um homem negro com um trompete brilhante na boca.

— É um negro — disse Thomas, impressionado. Ele achava que os negros viviam das moedas que as crianças levavam para a escola toda semana, para as Missões, e não tocando trompetes. — Eu nunca tinha visto um negro de verdade — o menino disse.

— No mundo há tanta coisa que nunca vimos — disse Elisa. — Por exemplo, eu nunca vi um Rolls-Royce de verdade.

— Que música fantástica! — disse a tia Pie, que tinha um pouco de chantili nos lábios. — Fico arrepiada.

— Onde? Onde? — gritaram as senhoras.

— No corpo todo — riu tia Pie. Passou as mãos na blusa e na calça para ver se era verdade.

Quando a música parou, o pai se levantou. — Ainda tenho muito trabalho para fazer — ele disse. Espremeu-se para passar entre duas cadeiras e foi para a porta.

Thomas ficou torcendo para que ele saísse sem dizer nada. Mas, ao chegar à porta, o pai se virou e disse: — Também não estou com vontade de ouvir essa música negra selvagem — ele disse. — E poemas que parecem louça vazia.

— Tururum-tururum, tururum, tururum-rum--rum — cantarolou Margot.

O pai olhou para a menina.

Margot parou de cantar. Olhou para o pai. Ela não parecia zangada, nem amigável. Apenas olhava. Não havia expressão em seus olhos.

Então Thomas percebeu que os olhos da irmã começaram a brilhar como espelhos. O pai olhou para aqueles espelhos e se enxergou. Ninguém viu o que ele viu, pois era o único que podia olhar dentro dos olhos de Margot. Tinha que enfrentar aquilo sozinho.

"Margot já não tinha medo", Thomas escreveu no *Livro de todas as coisas.* "Vi com meus próprios olhos minha irmã se transformar em bruxa."

As tias e as senhoras conversavam alegremente, como se tudo aquilo fosse completamente normal. Ninguém mais deu atenção ao pai.

— Item três do programa! — gritou a sra. Van Amersfoort. — Thomas recita outro poema de Annie M. G. Schmidt.

O pai ficou ali parado, olhando desconsolado para os olhos de Margot. Thomas percebeu que ele a amava. E que também amava a ele, Thomas, e amava a mãe. Percebeu que o pai queria ao mesmo tempo ficar na sala e sair.

O pai tinha medo de risadas e alegria. Tinha medo especialmente do ridículo. Temia que alguém dissesse que os humanos descendem dos macacos ou que a Terra tem mais de quatro mil anos. Ou então que alguém perguntasse onde Noé tinha arranjado seus ursos-polares. Ou ainda que alguém blasfemasse. O pai estava apavorado.

A mãe olhou para o marido. – Venha, meu amor – ela disse com um aceno. – Junte-se a nós.

Ele não podia. Não ousava se misturar às pessoas. Virou-se e foi se trancar no quarto ao lado.

Thomas era capaz de ver coisas que ninguém mais via. Ele não sabia por quê, mas sempre tinha sido assim. Enxergava o pai perfeitamente através da parede, sentado sozinho à mesa de trabalho. Thomas estava sentindo algo horrível no estômago. No início, parecia que tinha engolido um rinoceronte, mas logo entendeu que estava sentindo pena do pai.

Recitou o poema e recebeu os aplausos, mas sua mente não estava ali.

Às oito horas da noite ele teve que ir para a cama, pois no dia seguinte teria aula. A música e as risadas continuaram por um bom tempo no andar de baixo. O menino tentava pensar em Elisa, e não no pai trancado no quarto ao lado da sala. Mas era difícil.

"Eu queria que ele estivesse sentado em frente à janela, para poder pensar", escreveu no *Livro de todas as coisas.* "E não ajoelhado e de olhos fechados." Mas sabia que não era possível.

Mesmo assim, a noite tinha sido maravilhosa. A porta tinha ficado aberta para qualquer um poder entrar. Tinham ouvido boa música e poemas divertidos.

— Venha, meu amor. Junte-se a nós — Thomas sussurrou.

— O que você disse? — perguntou uma voz familiar.

Thomas estava com tanto sono que não conseguia manter os olhos abertos.

— Eu disse "Venha, meu amor, junte-se a nós" — ele murmurou.

— Certo — disse Jesus. O Senhor se sentou na beira da cama de Thomas.

— Foi uma noite maravilhosa — disse Thomas.

— Fico contente em ouvir isso — disse Jesus.

Ficaram em silêncio por um momento. Lá embaixo, Louis Armstrong tocava seu trompete.

— Jesus? — disse Thomas.

— O que foi, Thomas?

— Você pode ajudar o papai?

— Creio que não.

Era uma pena, mas Thomas entendia que algumas pessoas não cedem facilmente.

Não podemos pedir o impossível para o Senhor Jesus.

— Você acha que a Elisa vai esperar por mim?

— Acho que sim — disse Jesus.

— É muito assustador quando ela tira a perna de couro?

— Claro que não — disse Jesus. — Você já viu coisas piores.

Era verdade. Apesar de tão jovem, ele já tinha visto coisas assustadoras. O Mordebundas, a dentadura do vovô, uma colher de pau, um nariz inchado, uma faca de talhar e uma mulher com dentes para fora. E, mesmo assim, mais tarde ele seria feliz.

— É que eu vou me casar com ela, sabe? — disse Thomas.

Jesus pôs a mão na cabeça do menino e disse: — Você tem a minha bênção.

Então Thomas adormeceu e Jesus subiu ao céu.

As anjinhas esperavam ansiosamente por ele, suspirando fundo.

— Como está o Thomas? — perguntou uma delas.

— É! Como ele está? — ao menos outras cem perguntaram em coro. Todas eram apaixonadas por ele.

— Ele ficará bem — disse Jesus.

— Você irá chamá-lo em breve para viver aqui no céu? — perguntou uma anjinha negra. — Eu adoraria tocar trompete para ele.

— Não — disse Jesus, sorrindo. — E, se querem saber, nenhuma de vocês teria a menor chance com Thomas.

— Por que não? — as anjinhas perguntaram, ofendidas.

— Nenhuma de vocês tem uma perna de couro que range quando caminham — ele disse.

Isso era demais para elas. Todas eram extraordinariamente bonitas, mas nenhuma tinha uma perna de couro. Não se pode ter tudo.